独角马·中篇轻读文库

独角马·中篇轻读文库

天体之诗

孙 频

海峡出版发行集团 | 海峡文艺出版社

目录

天体之诗
...001...

游园
...158...

天体之诗

一

我试图真实地还原多年前发生在这个北方县城里的一起杀人案。

但我不是警察,不是医生,不是法官。

我只是一个自由拍纪录片的人,自己摄影,自己剪辑,大部分时候我的电影是没有多少观众的。我走过很多地方，有时候徒步，有时候搭汽车，有时候乘火车，几年前我在甘南草原拍片的时候还养了一匹马在草原上骑着。我在一个牧民家里借宿了一段时间，老牧民热情地问我结婚了没有，我说没有。他连忙说，那我把拉卜楞寺主持的侄女介绍给你吧，和你一样，也三十好几了，人家开一家吉祥用品店呢，那可都是开过光的。我只好又改口，老伯，其实我已经结婚了。老牧民很不高兴，连自己结婚没结婚你都记不清楚啊。

  骑着马离开甘南草原，我又朝着河西走廊的那些雪山走去。那些雄壮的雪山在阳光下闪着银色的光芒，如同神殿，让人不能不远远生出敬畏来。听说通往这每一座雪山的半路上都埋有几具冻骨，有几年前的，还有十几年前或几十年前的，都是些来朝拜雪山的人们。每到春天，这些冻骨就会随着雪山的融化暴露出来，居然衣衫完整，然后又随着一两场大雪的到来继续封存在雪山深处。

  雪山使他们的死亡看起来不像死亡，更像

一种千年不朽的沉睡。还有更多的死亡就地成谜、成冢、成化石、成清风、成流云、成永生、成时间。

直到过了几年又返回京城之后,我仍然时常怀念在雪山上看星星的感觉。那种感觉来自于即使知道自己会朝生暮死,但因为离诸神般的天体如此之近,竟会觉得再短暂的生也自有着一种庄严感。

出来拍电影之前我是京城一所大学里教影视课的老师。我终日在课堂上给学生们讲艺术电影,讲雅克·贝内克斯影片中如古典油画般端庄而不羁的美感;阿伦·雷乃在电影中关于时间与记忆的暧昧与不确定性;路易斯·布鲁埃尔电影中的超现实主义与精神分析痕迹;鲁奇诺·维斯康蒂深埋在骨血里的贵族气和那些傲慢优雅的镜头;阿巴斯电影中的极简主义;法斯宾德的邪性狂热;赫尔措格的幻想偏执;安哲电影中如慢慢拉动的小提琴一样的长镜头;塔尔可夫斯基电影中藏在诗后面的对信仰和救赎的极度渴望。

然而有一天我终于厌倦了这一切。当我努力把自己穿得像模像样，以期更有尊严一点，站在讲台上热泪盈眶地讲塔尔可夫斯基的时候，坐在下面的学生却露出嘲讽的微笑。显然，他们觉得我讲的这些对他们来说是无用的。我孤独地站在讲台上，硬着头皮继续，"塔氏电影反复在说的是一个主题，当宗教信仰不再，人类心灵麻木不仁，如何才能弥补这世界的裂痕。"多数学生只顾低头划手机屏。这些表演系的学生们为了在话剧里抢得一个配角而使出浑身解数，以至于在谢幕之后的深夜里还久久不愿卸妆。女生们排队向一个不入流的导演献媚。一个真正有想法的学生写出了自己的剧本四处找不到投资方，最后找到的投资方却以霸王条款要求他签卖身契。

　　我感觉自己拖着庞大而不合时宜的身躯置身于人群中间，就像一只正在表演马戏的笨拙大象。同样是表演，登台却迥异。院里管教学的女领导找我谈话，学生们反映来的问题，说你讲课不要总这么严肃，现在的人都想要点轻松的东西。另外，还有人举报你在课堂上乱说话，我就顺便提醒你一句，不管什么时代，不该说的话就不要乱说，明哲保身总不是坏事。

我说，课堂上随便讲了几句实话便被记录并举报上去，倒是颇有明朝东厂风度。

女领导说，如果你以后说话还是毫不顾忌的话，就得考虑换工作了……其实对于知识分子们来说，学学人家某某某的幽默风趣会开玩笑肯定不会有坏处，想迎合这个时代嘛也简单。

我忽然发现女领导的双眼皮是刚割出来的，忽闪忽闪，火眼金睛似的。看上去就像一个老女人的头上骤然冒出了一双十六岁少女的崭新眼睛。

那个黄昏，我久久站在学校十七层的窗口望着窗外，远处是鳞次栉比的高楼，在京城阴郁的天幕下绘出一条灰暗无光的轮廓线，它看起来就像科幻小说里建在月球上的一座城市，颓败冷漠，散发着谜一样的气质。夕阳西沉，天边的光线渐渐消失了，取而代之的是星河灿烂，我似乎看到遥远的冰雪天体闪着寒光，绚烂的彗星正从夜空中疾驰而过。它们本是些呆板的丑石，失衡之后恰好经过太阳，便摇身变成壮美的彗星。与人世间倒也相映成趣。

我主动辞去了大学里的教职，脱离体制，背着一只大背包，扛着一台半旧的 EOS C500 开始了我的自由生涯。我已经交往了五年的女友自然没有跟着我一起辞职去流浪，但也没有立刻提出分手。我知道她还需要些时间去想清楚这一切。

就这样我独自远离了京城，全身被晒得黢黑，经常不刮胡子，头发很多天没机会洗，以至于后来都生出了虱子，身上的衣服也渐渐褴褛起来，我甚至有时候会被人当作流浪汉，而同时我被另一部分人叫作独立导演，据说现在独立的意思就是真实。

既然不再需要依附于什么，我便决定要说出一些自己真正想说的话。我要拍出一部能被人记住的电影。

为了找到这部纪录片，我走过很多地方，大雪纷飞寒鸦数点的北方，缠绕着榕树妖娆气根的濡湿的岭南，草甸上牛羊如珍珠撒落的巍峨雪山下，千里湖光渔舟晚唱的江南。一年又一年过去了，我仍然没有找到足以让我心仪的题材。眼看积蓄在渐渐花光，这使我心里越来越恐慌，而曾经的生活不管到底怎样，都已经是回不去了。为了维持生计，我不得不每到一个县城和乡村，就做点倒卖盗版碟的小生意或者走街串巷去做摄影师。我在乡村的流水席上给新娘新郎做过婚礼摄影，还在小镇的十字街头给那些为自己准备后事的老人们拍过遗像。洗出的照片里的老人们都是阴森森的，好像正从另一个世界里看着我。可是在做这些事的时候，我又时时刻刻想撇清眼下这游贩走卒的身份，想提着耳朵告诉对面的人们，我原来是个大学教师，我原来是在大学里教艺术的，我并不是应该专门做这个的。

不过他们正沉浸在喜悦或悲伤里，根本没有人想听我在说什么。这种感觉与在大学课堂上面对学生讲课的感觉竟出奇相似。

我只好继续寻找下去。

二

　　有一天我来到了这个灰暗的北方县城,它叫交城。这个县城的边缘有一大片破败的工厂,工厂的后面是一大片阴森的树林。

　　工厂一进门的空地上摆着一台花花绿绿的旋转木马,木马身上的颜色已经斑驳脱落得厉害,但仍能看到它的主体部分曾经是金色的。我能想象到这样一台金色的木马在灯光下旋转起来的时候必定接近于流光溢彩,富丽堂皇。木马顶棚上绘上去的一幅幅简陋的图案,在旋转的时候会莫名地有点像绘在教堂顶上的圣经故事,肃穆的、光明的、半人半神的。所有旋转起来的木马一直都给我一种神秘的感觉,似乎都带着一种黯淡的神光。

　　现在,这台破旧的金色木马静静地被废弃在这里,好像一个被埋葬起来的过时秘密,轴心里长着半人高的荒草,一看就是久没有人来玩过。估计是当初哪个无业游民看中了这块空地，把木马装在这里，想收点小孩子的门票钱，不料却人迹罕至，最后只得废弃。

　　金色的木马背后是月球一般荒凉的工厂废墟，废墟的背后是一轮血红色的大夕阳。就在那一瞬间，我站在那里忽然就被什么击中了。

　　我打开摄像机往工厂深处走去，我通过镜头看到一根根墓碑似的电线杆，一座座冰冷的钢炉，想来当年这些钢炉应该都是钢水奔流火花四溅的。一排排早已废弃的厂房，没有了玻璃的窗口黑洞洞的，像一张张无声的嘴巴，窗下的荒草有一人多高，弥漫着一种植物属性的杀气。这一排一排灰色的厂房和那台曾经金碧辉煌的木马相偎依在一起，诡异地站在这早已被人们遗忘的时间荒冢里。

　　我试图向那厂房里张望，却只能看到锈迹斑斑的机器和蝙蝠的影子，还有大片大片铁一样的死寂，这里好像除了我再不会有第二个人。我又顺着楼梯上去，镜头慢慢摇动，我看到了休息室里墨绿色的木头长椅，油漆斑驳的铁皮柜，桌子上散落的铝饭盒、搪瓷茶缸、象棋里的车、扑克牌里的K，如同一场烟花之后留下的满地碎屑。镜头继续往深处移动，周围的一切越来越破败荒凉，我感到了害怕却又欲罢不能，就像有一种神秘的音乐正不断把我引向深处，顺着这音乐的纹路我怕忽然会走进某种梦境。

像一切废墟一样，时间在这里早已失去了意义，连瞬间都是凝固的。继续往里走，在一间昏暗潮湿的大屋子里，我看到了被废弃的澡堂，巨大的水池里长满暗绿的青苔和鬼魅的倒影，看起来神秘而恐怖，但这种神秘却更深地吸附着我。

忽然听到楼道里传来一阵断断续续的脚步声，我一惊，连忙走出去一看，楼道里正迎面走来一个人。一个五十岁左右的瘦小男人，脸上沟壑纵横，一只很大的编织袋把他的一只肩膀压了下去。他站在那里，也正吃惊地看着我。我连忙解释，我是来这里拍电影的。他盯着我手里的摄像机看了半天，又上下打量了我一番，忽然干笑了一下，有些紧张地说，你是电视台派来的吗？我说，不是不是，我和电视台没什么关系，我是来拍电影的，我想把这工厂拍下来，没想到一个小县城里还有过这么大的工厂。

他听我不是电视台的，便也懒得再搭理我，只是俯身把楼道里的一些破铜烂铁捡到了编织袋里。难得在这里见到一个活人，我想和他搭上话，就又补充了一句，你看这旧工厂还挺有意思啊。听到我这句话之后，他却忽然翻起眼睛冷笑一声，有意思？原来这县里十分之一的人口都在这厂里上班，后来这些人哗啦哗啦全部都下岗了，一个没留，你说怎么能没意思呢？我在他身后又追问了一句，那么多的人后来都做什么去了？

他晃悠悠回过头看见我正站在澡堂门口，忽然就无声地笑了一下，诡异地说，这里面你可别乱进去啊，我给你讲个故事，当年我们厂的工人下了班都要在这里泡澡，后来不是让我们都下岗嘛，不走也不行，都不给开支了。工人们就越来越少，在这泡澡的人也越来越少，最后就剩下几个人还来这泡澡，到最后就只剩了一个工人每天还要来泡澡。后来你猜怎么，有一天这人泡完澡忽然就从澡堂里消失了。哪都找不到，至今也没找到这人。

我浑身一哆嗦，仿佛还能看到当年满池的热水中挤着熙熙攘攘、赤身裸体的工人们。男人们白花花地泡在一个池子里，很是壮观。后来工人们越来越少，慢慢剩下了几个，慢慢剩下了两三个，最后，只剩下了一个工人孤零零地泡在一池浩大的水中久久不肯离去。我想不出这工厂里的最后一个工人究竟在这池子里泡了多久，他又是何时离开的。或者，他其实根本就没有离开过这里。他的骸骨至今还埋藏在布满青苔、倒影斑驳的池底。

这种神秘的恐惧像一个水中的漩涡一样要把我吸进去，我拼命挣扎。在一阵轻微的眩晕之后，我忽然明白过来，我终于找到了我想拍的东西。

血色的夕阳正在群山之上猎猎燃烧着，半个天空都被烧得像一座肃穆的希腊神庙，夕阳下的工厂看上去愈发荒凉阒寂，像座远古时代留下的废墟。我和那拾荒的瘦小男人各自骑在一匹木马上，各自叼着一根烟，有一句没一句地闲聊着。一根烟抽完，他不愿说下去了，我又递过去一支烟，说，我再出一百，你再给我多讲点你们厂里的事。他骑在木马上，垂着两只脚，腿短，脚尖都够不着地，整个人看上去有一种谦逊的凄凉。他跳下木马跺了几跺脚，不和你说过了吗，我没文化，嘴笨，不会说。当年我是顶替了我老子的班，十八岁就来这厂子里了，那时候进厂里那个吃香啊，谁不眼红。他眯起眼睛看着远处的群山，怅惘地看了半天才又说，不过有谁是长了前眼后眼的，真要是长了前眼后眼，人哪还用得着后悔，一眼就把一辈子看到底了。这样吧，你再给我加一百，我就告诉你去找谁。

我只好又给了他一百块钱，他嘴角叼着烟，把钱拿住，装进了口袋，又抽了两口，才慢条斯理地说，有一个人肯定知道得多，这人叫伍学斌，是我们车间当年的车间主任。

告别了矮个子男人之后，我又是兴奋，又是紧张。兴奋的是，终于遇到了自己真正想拍的东西；紧张的是，资金是个问题。就是成本再低的纪录片也是需要花钱的，如果遇到矮个子男人这样的，他还会不停地要挟加价。思来想去，我不得不厚着脸皮给多年前的老友打电话，想问他借点钱。打电话之前，我把要说的每一个字都想好了，结果寒暄了半天却始终开不了这个口，于是没提一个钱字就慌忙挂掉电话。挂了电话又赶紧关了机，好像生怕人家会追着打过来一样。

半宿没睡着，吊着眼睛到天亮，然而到了第二天我发现自己的银行账户里忽然多出来两万块钱。我吓了一跳，竟像做贼被抓了现形一样。独自呆呆坐了半日，心里算想明白了，一定是老友在电话里听出了我的窘迫，便告诉了我在北京的前女友，一定是她打到我账户上的，因为只有她知道我这个账户。我们已经很久没有了任何联系，我也不敢和她有任何联系，因为我怕和她联系的时候，我会后悔，更怕她至今没有一点后悔。

看到账户上有了钱之后,我做的第一件事便是走上街头先要了一大碗热气腾腾的羊肉面。一碗面居然几下就下去了,我在灯光下久久与那只空碗对视着,一种古怪的轻松感伴随着尊严的失去反而充斥在我身体的每道褶皱里。我索性又要了两瓶啤酒,走出小饭店,坐在路边,一边喝啤酒一边看着来来往往的行人。一个骑自行车的差点撞到我身上,我坐在夜色里挑衅地骂了一句,没长眼睛啊。对方停下打量我一番,骂了一声醉鬼便走了。我只是想引来某个路人对我的攻击。在这个再平凡不过的夜晚,我如此强烈地想被当作泥土,当作灰尘,当作树叶,而千万不要被当作人类。我在这个夜晚单单只是不想被当作人类。

我并没有向她道一个谢字,因为眼下我只希望能被她遗忘甚至遗弃。我发现在这世界上被人遗弃居然也具有一种近似于狂欢的气质,带着沉醉、喜悦、烂熟与辽阔的堕落。

我按矮个子男人说的地址,一路找到位于

县城西南的棺材街,老车间主任家门上却挂着锁。他邻居的一个老太太正坐在门墩上晒太阳,她像只猴子一样用手搭了个凉棚看了我半天,才张开没牙的嘴,走风漏气地说,扛着这个你是来拍电视的吧?你是电视台的?这么说是老伍要上电视了?我说,啊,那个,那个。老太太已经又把话抢过去了,老伍出名了?那快不用等了,去北面找他,一直往北走,就能看到一棵老柏树,他肯定在那撞背呢,他又没地儿去,天天都长在那树上,天黑了他还要绕我们县好几圈,你还能等到?

我顺着老太太的指点一直往北走,果然远远就看到了一棵巨大的柏树,看上去怎么也有一千多岁了,老态龙钟,几个人怕是都抱不拢,像是这个县城的老祖母,从树梢到树根的每一寸树皮下都散发着一种介于树和妖之间的气息。我走近了才发现,大树下确实有个老头正使劲地把自己往树上摔。树太大太老,衬得树下的老人如蹦蹦跳跳的顽童。只见他摔背、摔肩膀,拎起自己身上的任何一件器官都"咣咣"往大树上摔。我曾听说过是有这么一种流行一时的保健方法,但在这里猛然看到有个真人真这样把自己咣咣往树上摔,好像有仇一样,还是吓了一跳。老头起先并没有注意到我,他再一次摆好架势,很投入地把自己整个人摔出去。我忽然在他身上看到了一种绝望而炽烈的东西,就好像他的整个人都被逼到一个最狭小的格子里去了,把自己摔到树上已经变成了一种宣泄、乐趣、热情、癖好,一种激烈的狂怒。然后,当他再次提气、转身,准备往树上撞去时,忽然看到了几米之外扛着摄像机的我。

他警惕而兴奋地盯着我,准确地说是盯着我的摄像机。他审问道,你扛着这个是要干吗?

我舔了舔嘴唇,正准备耐心地解释我想拍一部关于工厂的电影。可是我刚开口就被他打断了,他说,我知道了,你是来拍电视的。我忙说,是电影。他说,哦,拍电影的?电视和电影也差不多。我看你年龄也没多大吧,就一个人能拍电影了?啧啧,拍电影不是要很多人吗？你们拍的电影是不是都要在那种城里的大电影院放啊？那种大电影院我就去过一次，好家伙，那个大呀，上下两层，那得坐多少人才能坐满啊。

我思忖着他这架势是不是准备问我要很高的报酬，我忙说，您说的那是大众电影，我这种纪录片上不了大影院的，不会有什么票房，我就是希望拿出去能在电影节上获个奖。

谁料他更加兴奋起来，好像整个人都要扑到我脸上来说话，获奖好啊，一获奖全中国就都知道你的电影了，你看什么金鸡奖啊百花奖啊多风光。你想拍工厂里的工人？哈哈哈哈哈，太好了，你找对人了。你想拍什么都告诉我，你想怎么拍就怎么拍。这儿不行？那就不行，走走走走走，到我家去拍。

他说完便极热情地引路，还要帮我拿摄像机，搞得我不禁有些心虚，这样的热情里好像应该有诈一样。他一路上都在向我絮絮叨叨，且每见一个人都一定要停下来打招呼。

"那都是十几年前的事了，忽然就让我们

下岗，我开始还以为自己怎么也是个车间主任，还是个八级钳工，再难的活儿也拿得下，别人都下了也轮不到我呀，后来才知道一样，都一样，最后整个厂里就没留下一个人。都不发工资了那还能怎样？有人说要去县长家门口上吊，还有人说要每天去堵县长的被窝，让他光着屁股跑来跑去，最后还不是都乖乖下岗。下岗后？我什么都干过，摆过袜子摊，卖过红枣，养过鸡，修过电器，开过三轮，还离了个婚，老婆不跟我了。人家要走我也留不住，我一个破工人。怎么养老？我早就是老头子了不也活着？

"忙什么呢？哎，张三，和你说，这是个从北京来拍电影的导演，人家要拍我呢。

"后来我儿子长大也工作了，我的退休金也慢慢涨到一千多块钱了，饿不死就行，我不想再那么像只鸡一样不停从地里刨食了，大不了就少花一点，少穿一点，少吃点好的。人心哪有尽头。

"不是拍电视的，是拍电影的，要在电影

院放的那种电影,到时一定去看啊。人家是个导演,要去我家拍去。不是我请来的,是他自己找上门的。

"但不刨食了也得给自己找事做啊,你说我们这种半截子已经入土的人还能做什么?我以前就喜欢给人修理个东西,修个录音机修个手表都没问题,但现在都不时兴修东西了,坏了就扔了,再买新的。老工友们让我再找个老婆,找老婆又得花钱,又怕我儿子不高兴,做饭洗衣我自己都会,想想还是算了。还是身体是本钱,身体都没了,别的都扯淡。为了有个好身体我先是跟着寺庙里的老和尚练了几年武术,看人家老和尚都能活一百多岁,还顿顿一大碗饭。练着练着觉得山上清净,就干脆到玄中寺里做了两年的居士,后来觉得在山里待久了太孤寂,就下山了。山中一日,世上千年啊,下山了才发现原来一个厂的老工人们已经哗啦啦死了一半,活着的也都老得不成个人样了。听说还有一个得了抑郁症,一天到晚疑神疑鬼,还老想着怎么能跳楼,身边得寸步不离地守着人，结果你猜？就是家里人眨了个眼的工夫，他就'吧唧'一声真跳下去摔成了肉饼。你看看要一个人死容易不容易，其实和拍死一只苍蝇差不多。

"已经吃过饭啦？人家可是个导演，拍电影的，现在去我家拍去。一会儿过去看哪。

"我以前厂子里的那些老工友们，有的子女有出息的给他们钱，他们就有钱买保健品吃，据说吃了之后一年到头都没有个发烧感冒的。我没钱，买不起，保健品都死贵死贵，我怕自己也哪一天忽然死了怎么办，我的任务还没有完成啊，那就得想办法锻炼身体，所以我一天到晚就想着怎么把身体搞好。我每天早晨五点起来就绕县城跑一圈，晚上再绕县城走几个圈，一直走到半夜，有人半夜撞见我还吓一跳，好像我是个夜游鬼一样。后来听人说这千年的古柏有灵气，已经差不多成精了，多撞树就能吸到它的精气，我反正也没事干，就一天到晚想法儿锻炼身体，要么就练武术，要么就跑步，要么就散步，再要么就去撞树。一天到晚都不怎么在家里，要不你看见我锁着门呢。"

开了锁，进了屋子，摄像机开着，我环顾了一下四周，屋里很简陋，有几件八十年代自己打制的家具，一张暗红色的木床上摞着一床花棉被，墙上贴着一张花红柳绿的娃娃年画和一张世界地图。他进门之后又是给我倒水，又是拿塑料袋里储存的花生。我说，老主任，不忙不忙。他说，先吃着喝着好说话。见我不动，又抓过一把花生剥了壳送到我手里，说，吃啊，多吃点。我只好吃了几颗。倒好水之后他端坐在我对面的一把椅子里，双手扣在腿上，忽然就抬起头很紧张地看着我说，导演同志，我求你件事，我求求你一定要把我拍进电影里去，等你获奖了，全国人民就都看到我了。我想出名，你的电影一定能让我出名，只要能让我出了名，那你让我做什么我都愿意。

我心里为遇到这么想出名的老人暗暗叫苦，嘴里忙说，老主任你误会了，我只是想拍一部能说真话的电影，肯定是小众电影，还不知道会拍成什么样子，更不敢想着能出名了。

他见状忽然起身打开衣柜，在最下面的角落里摸索了半天才摸出一点东西，然后恭恭敬敬地捧到了我面前。我一看，是一个纸包，他把纸包一层一层剥开，最里面露出了一卷皱巴巴的钱。我立刻被吓了一跳，只听他急切地说，导演同志，我一个工人也没什么钱，就攒下这么一点，你要不嫌少就都拿去吧。还有这屋里的东西，你看着什么好就都拿去吧。我还会打家具，你以后要是需要家具，我帮你打。

我吓坏了，目瞪口呆地站在那里，说道，老主任……

他也不好意思再看我，只管对着我身后的一大团空气说，以前我年年都是先进工作者，我有证书，都给你看。说着立刻开始翻箱倒柜，他从床底下拖出一只箱子，从里面取出一沓满是灰尘的先进工作者证书，一边塞给我看，一边连声问，你看我没有骗你吧？我说的都是真的吧？我可年年都是先进啊。这些证管用吗？你听说过吧，三年一个精车工，十年一个烂钳工，钳工想做好那是很难的，可我会自己设计、制图、排工艺，像锻造、铸造、车、铣、刨、磨、镗、铆、焊、钣金下料，这些工种我都很熟练，就连丝杆我都车得了，别人能行？年轻的时候我还参加过省里的青工钳工大赛得了第一名，给你看，就是这个证书。你不是想拍厂里的工人吗？那你找我真是打着灯笼都没有的事。

  因为紧张和激动，他的两片嘴皮子都在哆嗦，以至于连字都要咬不住了。我刚又好不容易插了一句，老主任……他就已经蹲下身子又拖出一只箱子，打开了，里面是旧笔记本、旧车票、旧头灯、旧手套、各种发黄的票据、一堆锈迹斑斑的工具，居然还有一沓几乎没有用过的名片。他哆哆嗦嗦地从那沓名片里拈起一张，像看别人的名片一样，眯起眼睛仔仔细细端详了半天，才半是荣耀半是感伤地交到我手里。我拿起一看，上面印着他的名字——伍学斌，职务是副厂长。他说，其实我不想说的。当年我刚刚被提拔成副厂长，名片都印好了却要下岗了，一张都没有用过，就再没机会用了。

拈着这张名片我已经不忍心再开口了,同时又为能拍到这样的镜头而暗暗窃喜。见我不说话他更慌了,还是不够,是吧?你不要着急,你先坐下吃着喝着,让我再找找,再找找。我说,不是这个意思,不是这个意思。他立刻回头警惕地看了我一眼,像是怕我会跑掉,又掉头趴在地上撅起屁股继续在床底下寻找。我用摄像机拍下他的一举一动,一边窃喜一边又愧疚,结果舌头越发不管用。这时他忽然像变魔术一样从床底下又拽出一样东西。

这次是个推光漆的朱红樟木盒子,掸掉尘土之后还能看到盒子上绘着白牡丹的图案。盒子慢慢地庄严地在我面前打开了,一股浓烈的樟脑味扑面而来,我有些紧张,觉得里面正蛰伏着什么古老而艳丽的有毒生物。却只见里面静静卧着一团驼色的、毛茸茸的、安静的东西,像一只小动物。再仔细一看,原来是一件手织的毛衣。只见他使劲一咬牙,便把那件毛衣拎了起来,像拎起一具动物的尸体一样展览给我看。他对我晃着那件毛衣,除了眼睛邪亮峭拔,全身都在加速向着某个方向坍塌下去。他说，我看出来了，你是不愿把我拍成先进工作者，不愿意把我拍成好人是吧，没关系，真没关系，你把我拍成坏人也可以，只要能出名。看到这个了吗？这是当年我在厂里的相好给我织的，我有过一个相好的。怕我老婆知道就藏了起来，一藏这么多年，这毛衣我都没舍得上过一天身。我们偷偷好了好几年，厂里也没几个人知道我们好过，只有几个能割头换肉的弟兄知道。后来就这么过去了，十年前她就得癌症死了。

他眼睛里的邪亮轰然坍塌下去。我开始感到一种真正的难过，我口干舌燥地说，老主任……

他抬起眼睛盯着我，这次是一个真正的老人的目光，疲惫、浑浊、恐惧、无措。他说，你是想说还不够是吧？那我再告诉你，这些工具，你看到了吗，这些生锈的工具都是我当年顺手从车间拿到自己家里的，就这么放着放着生了锈。那时我年年是先进工作者，是车间主任，可没人知道我还偷过厂里的东西。没事的，你不想把我拍成好人那就把我拍成一个坏人、一个恶棍，偷厂里东西，背着老婆搞相好的，到我那相好的快死的时候我都没给她一分钱，坏吧？坏不坏？只要能让我出名，拍得再坏些都行。我不怕。

我说，老主任，你……

他再次打断我，我知道你想问什么，睡过的，我和她睡过觉的，我们每次就在厂子后面的那片小树林里，那树林里有一层厚厚的落叶……你到底想知道什么？是不是还想听树林里的细节？没问题的，我都讲给你，每一句话我都会讲给你。

说到这里他的声音猛然被喝住了，就像被一团什么坚硬的东西硬生生地堵回去了。那件毛衣还是刚才那个姿势被他拎在手里，它就像一张刚刚被剥下来的兽皮一样血淋淋地挂在那里，正一滴一滴地往下滴血。我似乎都能听到那"滴答滴答"更漏将阑的声音，像雨滴拂过树梢，像鸟爪落入雪地，有一种极深极静的悲伤正缓缓流动在里面。

我们面对面久久站着，他不动，我也不动，他不敢看我的脸，我也不敢看他的。只有摄像机无声地注视着我们。我们像遥遥站在一条大河的两岸，只从水中依稀可以看到对方波光粼粼的倒影，却不忍去看清楚，似乎此时看清楚了便是要把对方置于死地。

好像有几个春天从我们中间踩踏过去了，又有几个秋天也过去了，他终于疲惫地把那件毛衣收了回去，用两只手轻轻摩挲着那团毛茸茸的驼色，忽然就用彻底坍塌下去、彻底抽掉骨头的声音冷清清地说了一句，连这也不管用。是吗？

三

晚上，他一定要留我在他家喝酒，我也不推辞。两个人都像是刚从战场上撤退下来，身心俱疲。坐在昏黄的灯泡底下推杯换盏了几个回合，便渐渐都有些醉了。最初的几杯他还很矜持，小心翼翼地、试探性地抿了两小杯，就像一个人正站在水池边试水温，但很快地，他便渐渐沉入水中了。先是两只脚进去了，然后是全身进去了，再然后连头也埋进去了，他整个人都完全浸泡在了酒精里。他说，这是我到杏花村打的原浆，七十度，这才叫白酒，你放开喝。有人不抽烟不喝酒，你说要是连酒都不喝了这人活着还有什么意思，还有什么意思？

很显然，这种彻底的浸泡很快让他获得了某种安全感，他甚至有些贪恋于其中都不肯出来了。他酒喝得越来越快，就像正在自己身上点燃一种加速度，即将把自己发射出去。果然，不一会他就醉了，他开始反反复复地重复一些话，导演，我这辈子也没求过什么人，但求你了，你就让我上一回电影让我出一次名吧。十五年就这么过去了，我一年一年地等，就这样等了十五年，这十五年里我每次觉得活着实在没什么意思的时候，我就告诉自己，有点耐心，再耐心点。导演你用十个指头数数十五年有多长，十个指头都不够用的，还得加脚趾头。别人都笑我这么大年龄了跑步还跑得比谁都欢，真是比谁都怕死，你们真以为我怕死吗？死还不容易？我要想死随时都能死。可我不能死。但你别以为我就真的什么都不怕，我怕的东西太多了，那件毛衣，那沓名片，都是我怕的，这么多年里我碰都不敢去碰它们，只敢把它们藏在角落里，让它们永不出世。可是今晚我全豁出去了，全部，你知道我为什么全要拿出来抖擞给你看，你知道是为什么？你肯定不会知道的，你怎么会知道？

他想把脸凑到我跟前，却一下从椅子上滑了下去，跌坐在了地上。他又歪歪扭扭地爬起来，摇摇晃晃地站到椅子上，挥舞着手臂，笑嘻嘻地看着我说，导演，活着不容易吧，不怕，来，我给你唱段戏吧，我们喝着酒儿唱着戏，阎王来了也不怕……为剿匪先把土匪扮，似尖刀插进威虎山，誓把座山雕埋葬在山涧，啊啊啊……

猛然他连人带椅子一起栽倒在地上。他也不起来，就用那个跌倒的姿势一直躺在地上。我先是大笑了两声，然后又跟跄着过去扶他，结果被他一把抱住了肩膀。他抱着我的肩膀先是安静地靠了两分钟,然后忽然就开始号啕大哭,他哭得一把鼻涕一把泪,把胸前的衣服都哭湿了一大块。他的哭声好像要活活把自己撕扯成几块,他边哭边说,你知道我为什么要把自己最害怕的东西拿出来展示给你看？因为如果不拿出来给你看一眼,它们就只能跟着我入土了,它们就和我一起被埋在地底下,永永远远地消失了,永永远远,就好像我们这些蚂蚁一样的人从来就没有来过这世上。所以我要把它们展览出来给你看,我求求你把它们都拍进电影,我想让它们能被更多的人看到啊。那件毛衣,你一定一定要把它拍进你的电影里,我不怕丢人不怕被人骂,我就想给它在这世上留下来一个纪念。那和我好过的睡过的女人,我什么都帮不了她。她和她男人也都下岗了,一家子忽然没有了活路,那男人身体也不好,后来她就跟着出去站街了。我们厂里的很多女人下岗之后都去做这个了,年龄越大的越便宜。我在街上看见她站在那里,穿着一件她最好的衣服，就明白她也去干这个了。我知道她那时候最希望的是我能绕路走，假装没看到她，我知道她最怕的就是我会给她钱。后来我就真的每次都绕路走，我们连面都再不敢见了。又过了几年，她就无声无息地死了，听说是得了癌，到死我都没有再见她一面，也没有给她一分钱。就这么过去了，一个人就这么过去了。她留给我的就这么一件毛衣，是她一针一线织出来的，我没有舍得穿过一天。可是我为什么要翻出来给你看，还让你拍下来，不是因为我不要脸，不是因为我不是人，我只是想替她在这世上留下一点点纪念，纪念像她这样的人曾经也来过这世上一遭。

他哭得上气不接下气，几乎瘫倒在地上，然后又开始呕吐，把衣服上、地上，吐得到处都是。我也醉了，歪倒在他污浊不堪的身上，被刺鼻的酒精味和秽物味包围着，却忽然感到了一种奇特的、从没有过的丑陋满足。不远处的摄像机安详地注视着我们的一举一动。三年了，我已经出来三年了。我掏出手机终于按下了一个烂熟于心的手机号码，是我在北京的前女友的电话，虽然这个号码我太过熟悉，这却是三年里我第一次给她打电话。听着电话里等待的嘟嘟声，我想，三年是什么，三年足够一个人出生，够一个人死去，够一个人开始变老。而对于我来说，这三年的时间更是如广袤的苍穹一般接近永恒，在质地上更像上帝，像海水，像音乐。

她终于接起了电话却并不说话，无边无际的沉默。我明白了，她身边有男人。我说，那再见了。便挂了电话。

早在一年前就听北京的朋友说，她和一个有钱的老男人住在一起了，只是好像还没有结婚。我无数次想象过怎么给她去电话，甚至连先说什么再说什么都想了无数次，我是应该感谢她雪中送炭，还是应该告诉她，给我点时间，直到我能拍完这部电影。然后呢？然后告诉她我有一天会把钱还她还是祝她幸福。但是直到今天晚上，才是三年里我第一次给她去电话。我知道不会再有下一次了。

我身边东倒西歪的老人把头埋在两腿间像一只羽毛掉光的鸵鸟。他以为电影根本还没有开始,却并不知道,从我见到他的那一刻起,他所有的表情,所有的动作就都已经在摄像机里了。它不仅在观察着他,也在观察着我。我对着摄像机的镜头更深地笑了起来,我忽然发现在这部电影里其实我也是一个角色,而且如此真实。我扛起摄像机,拉起老主任就跌跌撞撞往外走。我说,老主任,这世上的事情你哪管得过来,走,不如跟我看星星去,我心情不好了就去看星星,你看天上的星星有多少啊,地球也是颗星星。

外面是无边的黑夜,夜空里有寒凉的星光,我丢下老主任,开始拍墨青的夜空,拍街头的小贩,拍拥抱的恋人,拍颓败的工厂还有那金色的木马。这种感觉就像在写诗,就像一个钢琴师在琴键上随便弹奏自己编出来的一串音符,我甚至不知道自己拍的到底是什么,我也不想知道,我只知道此刻我是如此需要它们,就如同圣徒置身于教堂,只要能听到所有与圣诞有关的依稀的音乐，那便是最大的安慰。活在这个世界上，多少人需要这种圣诞式的安慰，比如那举着毛衣让我看的老车间主任，比如他那已经死去的相好，比如我那在北京的前女友，比如此刻的我自己。

我对着无边的夜色拍下一个悠扬缓慢的长镜头，镜头里有黑暗、有蝙蝠、有树影、有星光。我一连拍了两遍，缓慢、庄重，如同在钢琴上弹奏一曲《圣诞忆旧》。

第二天早晨我哆哆嗦嗦从路边爬起来，发现自己就在路边过了一夜。到了老车间主任家里一看，他上身还是昨天那件衣服，下身却只穿着一条花短裤坐在桌子旁边发呆，浑身还散发着宿酒的难闻气味。我吓了一跳，说，老主任，你怎么穿个短裤坐着？他连忙往自己下身一看，惊叫道，我没穿裤子？我都不知道我居然没穿裤子，那我的裤子呢？肯定是被人扒走了，昨晚喝多了，也不知怎么就跑到大街上睡去了，后半夜被冻醒就自己走回来接着睡。真是喝多了，我醒来坐这半天了都没发现我居然没穿裤子。我抱歉地说，哎呀，昨晚是我把你拉出去的，打算带你看星星，结果我自己喝多也睡在大街上了，都没管你。他说，不碍事不碍事，肯定是哪个可怜的流浪汉连条裤子都没有，马上天就冷了，就当送他了。我昨晚喝多了，说了什么我自己都忘了。我说，老主任你什么都没说。他说，不过酒后的话大部分都是真的，倒是也可以信。

  我反倒不知道该说什么了。他又说，你进来的时候我正在这里醒神呢，酒还没醒，所以也没觉得腿上冷。我说，我也喝多了，不过运气还真是好，醒来一看，摄像机还抱着，居然没丢，真是走大运了。他显然根本没认真听我在说什么，只是带着一身宿酒气，光着两条腿迟钝地杵在那里，又定了会儿神，才像下了什么大决心一样，咬着牙狠狠对我说，看来我就不是你想拍的那个人，反正好人坏人你都不想拍。

  看着他的目光我忽然有些害怕，不知道他下一步要干什么，于是忙说，哪有哪有，你就很合适，我特别喜欢你那件毛衣。

他忽然阴冷地盯了我一眼，我打了个寒战，手心出汗，忙补充道，我是说你毛衣的故事，不是毛衣。他又盯着我看了好一会儿才终于把目光挪向别处，他对着空空的墙说，你不想拍我我不会勉强你的，总不能把你吃了。就刚才我倒是忽然想起一个人来，我觉得她肯定是你想找的人，我给你打包票。她原来也是我们厂的女工，叫李小雁。她父亲原来是我们厂里的老工人，当年死于厂里的一起事故，她初中毕业没多久就去南方打工养家了，一个人在外面闯荡了总有十来年了，有一天忽然又回来了，还哭着喊着要进厂子当工人。因为她父亲死于工伤，就把她招工到了我们厂里，其实那时候我们已经听到厂子改制的风声了，只是还不信。她就那个时候进来的，那时候她大概都有二十七八岁了，还没有结婚。结果她到了我们厂没两年，厂子就不行了，开始下岗了。她就每天往厂长那里跑，想求着厂长不要让她下岗，听人讲她后来在厂长面前把衣服都脱光了。但这也没有用，最后还是得下岗。她就和厂长约好，下班后在一个车间里见面，她要和厂长最后一次谈谈。结果你猜怎么，两个人给谈崩了，李小雁在气头上一把把厂长推倒在了车间的电解池里，几分钟的时间，厂长就连人带骨都被电解液化掉了，一个人就这样死了，尸骨无存啊。当然李小雁是不可能承认自己杀了厂长的，但正好那天就在那车间里还有个工人因为忘了什么东西又返回来拿，正好看到了杀人现场，后来就是这个工人出来做了证人，李小雁自己也承认了，于是就被判了二十年有期徒刑，后来大概在里面表现好，又被减了几年。我为什么想到这个人呢，是因为再过十来天就是她出来的日子了。我一直都记得这个日子呢。她在里面都十五年了，进去的时候三十来岁，出来的时候已经四十五六了。我们厂长死了竟然也有十五年了，那样好的一个人。

末了，他稍稍犹豫了一下却还是对我说，我那件毛衣，你要不要再拍一次？我也稍一犹豫，最后还是说，老主任，差不多了。他不再说话，也不再看我，只是挥挥手，示意我和我的摄像机可以走了。

我赶紧扛着摄像机连滚带爬地离开了。

就这样我又循着老车间主任的话,开始在棺材街上四处寻找李小雁的痕迹,因为听他说李小雁从小就是在这条街上长大的。这条街本来不叫棺材街,反而有一个气宇轩昂的正派名字——兴华街。它在一个县城里其实不算老街,一排排低矮的宿舍平房一看就是二十世纪七八十年代建的,没有磨得油光水滑的老青石板路,没有挂着铜风铃的飞檐,这里是随工厂一起兴起的工人区。九十年代末工厂倒闭之后,这条街也便跟着衰落,渐渐沦落为县里的殡仪一条街,就被人们喊成了棺材街。我在棺材街上一连游荡了数日,加上老车间主任从中帮忙介绍,我逐渐打听到,李小雁有一个弟弟和母亲还住在这条街上,弟弟四处给人打工,一家人的生活也很窘迫。母亲则因为脑萎缩,几年前就已变成了痴呆,不怎么认识人了。

棺材街上。

老年妇女甲(退休老教师):你说李小雁

啊，怎么不认识，我就是她初中时候的语文老师。这个学生上学时不怎么爱说话，喜欢在日记本上写点诗歌，春天花开了她要写首诗，下点雨她也要写首诗。因为这个我还说过她，我说日记就要好好记事，不能写个诗歌就应付了。不过她个人资质很一般，虽然学习刻苦，但是功用不到点子上，考试成绩一直也就是班上的下游。这样的学生考不上大学是很正常的，所以李小雁初中毕业就不上学了。我记得那时候经常让她帮我擦黑板，因为她特别听话，你和她说什么就是什么。她也很愿意帮老师干活，可能生怕自己成绩不好被老师瞧不起。你说这样的学生能去杀人，还把人推进盐酸池里？我怎么也不能把这种事想到她头上去，听说她最后还真坐了牢，到现在都没出来。

中年妇女甲（县医院 B 超科大夫）：我和李小雁小学初中都是一个班的，又住在一条街上，我太了解她了。她是那种不太聪明的人，但自尊心强，就知道死用功。上初中的时候，我们班有个女生学习成绩特别好，李小雁就什么都学人家。那女生早早去学校背英语，她就去得比人家更早，也在教室里背英语。那女生中午要做会儿作业才走，她便走得比她还晚，连午饭都要吃不上了。晚上睡觉前她还要跑到那女生家门口偷看一下她屋里的灯灭了没有，如果没有就说明人家还在看书。那她也不睡了，回去继续看书学习一直到半夜。一心要做好学生，就这样学习也不好。所以班上的男生们都喜欢捉弄她，我记得那时候他们经常走在她后面忽然揪她的头发玩。初中上完她就不上学了，那时候大概正是八十年代的尾巴上，听大人们老说下海下海的，流行个体户，她便也跟着别人去了深圳打工。我考上卫校之后她还从广东给我写过一封信，说很羡慕我什么的，里面夹着一片干花瓣，她信中说是木棉的花瓣，北方没有。我也没回她。后来我们之间就再没有过联系，偶尔想起小时候，我还觉得心里挺过意不去的。人小的时候不懂事嘛。再后来就忽然听说她杀了人。她这人虽然不聪明，但从小那么上进，所以她会杀人，我还惊讶了好一阵子。

中年男人甲（杂货店小店主）：我们是初中同学，上学的时候李小雁确实经常被班上的男生们欺负，我记得有一次我们跟在她后面追着她跑，要拽她的头发玩。因为那天她梳了条奇怪的辫子，学校里从来没见有人梳过，她还在辫子上绑上路边采来的野花。那时候哪有女生会把野花戴到头上去学校的？她摘个花草、捡个树叶、捉个蝴蝶什么的，都要夹在本子里，等树叶干了还在上面写上诗。我见过她用的一条手帕上都用毛笔写上诗，你说那还能用吗？一擦不都擦到脸上了。还往死里用功，学习也不咋的。她人也不坏，可那时候我们为什么都讨厌她呢？现在想想，可能就是觉得她老是在做一些她够不着的事情，像活在梦里一样，有时候觉得她都不像个真人。我们那时候欺负她其实也是一个看一个。

中年男人乙（县教育局职工）：我就记得李小雁特别喜欢写诗，这在中学生里还是不多见的。有一次交日记的时候她又交了一首诗，被语文老师批评了一顿，说她偷懒耍滑，分行写了几句话就当一天的日记交上来了。还把那首诗当众读了一遍，那诗也不见得多好笑，就是些树啊云啊眼泪啊，无病呻吟的东西，但全班人都笑成了一团，都觉得可笑得不行。以至于我后来好多年里都不敢和别人承认自己也是喜欢读诗的。后来我在师专读中文系的时候，不知怎么有一天想起李小雁，我心里忽然就一阵难过。就连她后来的流浪、杀人、坐牢，都和别人不一样，有点像俄罗斯小说里的生活。其实啊，我觉得她还真是个有诗意的人。写诗本来就不是一定要聪明人干的事，你想太聪明的人哪有心思每天看花看树叶看月亮？因为这个世界给聪明人的机会太多了，他可以去做很多事，写诗显然没什么用。

中年妇女乙（焦化厂会计）：我们以前是同学，李小雁这个人哪，一方面比谁都听话，别人告诉她什么就是什么，好像很容易被人摆布。另一方面，她无论怎么听话，都还是和别人不大一样，不知哪里就是有点别扭劲。要不你想她一个女人家后来怎么会去杀人呢？杀人那可不是谁想杀就能杀得了的。

李小雁出狱的那天,我一大早就去了郊外,在监狱门口等着接她。监狱的大门开了,我看到一个穿着一身灰色囚服的女人夹着一只小包怯怯地站到我面前。在见到她之前,我已经把她想象了无数次,可是等她终于站在我面前了,我还是没法把眼前的女人和想象中的那个对上号。她看起来枯瘦胆怯,不敢正眼看人,脸色暗黄,短头发里夹着半头白发。我努力对她笑着,是李小雁吧,他们已经和你说过了吧,我就是来接你的那个人。

她都来不及看清楚我的脸就急切地说,你能帮我买身衣服吗?我以后还你钱,让我先把这身上的衣服换掉。我打开随身背的包,取出一套女人的衣服递给她,说,前两天就给你买好了,就是不知道合身不合身,先试试吧。她接过衣服连个谢字都不说,就急匆匆躲进附近的树林里换衣服。我抽着烟等她出来。尽管我已经在尽可能地降低这部电影的成本,但李小雁对我来说是这部电影里最关键的一个人物,我必须得取得她的好感。

她穿着一身换好的衣服出来了,因为她太瘦,衣服还是显得大了一点,袖子得挽起来两圈,整个人装在里面空荡荡的。我说,唉,还是买大了,真是抱歉。因为已经脱下了囚服,她脸上的神情不似刚才那么紧张,只是手里还团着那身换下来的囚服不知所措,她没去听我在说什么,只是求助地看着我,怎么处理?扔了?还是送给什么人?

我扔掉烟头,接过那身囚服扔到了附近的一个垃圾堆上,我说,你不舍得扔掉难道还想送给别人去穿?她站在我面前一直不敢看我的脸,只说,我是看衣服还好好的,扔了可惜。片刻之后她躲着我的眼睛慢慢走到了我面前,似乎犹豫了几下,才下了决心一般忽然说了一句,那个,你能借我点钱吗?她语速很快,似乎生怕说慢了就说不出口了。我微微一愣,她感觉到了我的犹豫,立刻抬起头来直直盯着我,脸上是一种暴露无遗的毫不设防的乞求,你能先借我点钱吗?等我一有了钱就还给你。不用多，我就是想买点吃的回去看看我妈，我弟弟写信说我妈还活着，我已经十五年没有见到她了啊，我都想不出她已经老成什么样子了，我觉得她能活下来就是在等我。

我用租来的电动摩托车带着她找到一家小超市，她有些惶恐有些迷惑地看着超市，又看着货架上摆放的东西，像刚来到一个陌生星球上的外星人，轻轻拿起这个又放下，拿起那个又放下。在超市里转了几圈之后，她还是小心翼翼地选了几样最老式的食品，白面包、混糖饼、橘子罐头。在付钱的时候，她还不时拿眼角偷偷看我一下。我假装什么都没看到，只是站在门口抽烟。

她用塑料袋拎着食物，我又把她带到了棺材街上的家门口。她从电动摩托上下来的时候几乎站立不稳，两条腿都在打哆嗦，她把那只塑料袋紧紧抱在怀里，踉跄着靠在了墙上喘气。我走到她身边时，竟然可以触摸到一种从她骨骼里散发出来的恐惧，那恐惧摸上去坚硬而冰凉。我扶住她的肩膀往前走，她的脚已经几乎不是自己的了，全身的重量都倚在了我的那只手上。我帮她推开了院门。

然而就在推开院门的那一瞬间，我忽然感到一种人形的力量从这女人瘫软的身体里剥离出来，把女人的肉身丢弃在一边，而它自己则以一种坚定的甚至有些快乐的步伐向屋里走去。它显然对这里的一切都太过熟悉了，以至于什么对它来说好像都是透明的，它像魂魄一样从一切的中间穿过去，从门里穿过去，一直来到躺在床上、浑身散发着异味的老妇人面前。它怪异地简单地叫了一声，妈。

老妇人半躺在床上，蓬着一头灰白的头发，两只手袖在袖子里，呆滞地看了来人一眼，显然并没有认出她是谁。她把塑料袋里的吃的一件件掏出来，积木一样搭在老妇人面前，然后又抖着声音叫了一声，妈。老妇人眯起两只浑浊的眼睛盯着她看了半天，似乎像想起了什么，又看了看她带来的食品，张了张嘴，说了一句，带这么多好吃的做啥，你是谁家的？

她的嘴张开又合上，再张开还是合上。呆呆坐了几分钟之后她站了起来，环顾四周一圈，忽然抓住角落里的扫帚就开始扫地，又擦桌子，又给老妇人换洗床单。此刻她整个人身上散发出一种浩大而温柔的平静，几乎没有一点破绽，这种平静使她看起来像一枚正滑行在轨道上的月球，散发着磨砂质地的光晕。她似乎越干活便越快乐，到后来还小声哼起了一首十几年前流行过的《九百九十九朵玫瑰》。这时候门被推开，进来一个中年男人，看样子应该是她的弟弟。男人看见她一愣，继而淡淡打了个招呼，回来了？

嗯。

男人在一只板凳上坐下来，我递过去一支烟，他把烟点上，打量了我一番，却并不和我说话，只是继续问那女人，在里面过得怎么样？

就那样，每天都一样，白天在车间里干活，晚上按时睡觉，过年过节的还有顿饺子吃。

听你这口气在里面也没受过什么罪啊。

她不接话了，哼着歌继续搓洗床单。

男人忽然就从凳子上蹦了起来,用一只发抖的手指指着女人的鼻尖骂道,坐了十几年牢出来了你居然还能唱得出来,我嫌你丢人都不够,你还能唱出来?你看你现在是个什么样子,天不怕地不怕的,杀过人,坐过牢,出来了还有脸唱歌,真是一点悔改的意思都没有,这监狱我看你也是白坐了。你要是回来也千万别让街坊邻居再看见你,都在背后指点你呢,我跟你丢不起这人。

她洗床单的两只手只略略停顿了几秒钟,然后,她抬起头忽然对着空气坚定地微笑了一下,低头又继续搓洗。她的两只手越搓越快越搓越快,到最后,她的整个人简直都要乘着她的那两只手飞起来了。我从她的眼睛里连最后一丝恐惧都看不到了,她的眼睛里堆积着一大片奇异的安详和肃穆,像雪地里站着一棵挂满了彩色灯泡的圣诞树,远处是雪橇上依稀的铃铛声和孩子们的笑声。

我站在屋门口,忽然听到坐在床上的老妇人在屋里大放悲声,她抽抽搭搭地边哭边说,你还给我洗床单，闺女就是好啊，我原来也有个闺女的，小川说她去了南方挣钱，还挣了大钱，可她就是不回来看我，我一年年地等，可她就是不回来。每年过年，侄儿们外甥们给我的几十块钱我都偷偷攒着呢，等我攒够了路费，我就去南方看她去。

李小雁已经把洗好的床单晾在了院子里，正好有风从院子里吹过，鼓鼓的床单像只即将开走的大帆船，她把自己埋在飞翔的床单里久久不肯出来，只露出两只瘦骨伶仃的脚在外面，那两只脚上穿的是一双绿胶鞋。我知道她也许正躲在那里面流泪，也许不是。但我绝不去催她，只走到院子里的枣树下又抽起一支烟来。自打离开京城，收入越来越少，烟瘾倒是越来越大了。

只见那鼓起的床单像一大片云一样，久久托着她不忍把她放下来。

弟弟家是不能住了，我只好用租来的电动摩托带着她来到我寄身的旅店。进旅店的时候我恍惚看到有个人影站在不远处好像正看着我们，我也没多想。我说我再给你开间房吧，她连忙惶恐地冲我摆手，不用不用，真不用，太浪费钱了，你能让我打个地铺就行，我睡哪里都能睡得着。我也正在发愁这又多出来的一笔开销，见她这么说便把她带到我住的房间里，指着另一张床说，这里倒是有两张床，你要不介意就先在这里将就一下，前提是如果你肯信任我。

她忙不迭地说，就这就这，住这么好，这么大的床，这么软和。她说着把那只从监狱里带出来的小得可怜的布包端端正正地摆在枕边，刚才在她弟弟家时脸上那种过于虚张声势的平静明亮已经彻底萎谢下去了。事实上她整个人此刻看上去都是萎谢的，不是痛苦，不是愤怒，没有怨恨，没有任何锋利的东西在里面，就单单只是一种从骨头深处长出来的萎谢。而这萎谢又散发着白骨的釉光。

我递给她牙刷和毛巾，说，这是专门给你买的，不知你喜欢什么颜色，我特地给你挑了块粉红色的毛巾。她接住了，有些惶恐地看了我一眼，不说谢谢，却只低下头去反复研究那块毛巾。我说，我还没来得及和你细说，我是个拍电影的。我想拍一部关于老工厂的电影，再没有人拍的话，它们可能就要从这地球上彻底消失了。这就是我为什么要找到你，因为，我对你十几年前的那些和工厂有关的故事很感兴趣。我是觉得，它们应该被留下点纪念。你觉得呢？不过这个还是要看你自己了，如果你同意的话，这段时间我也不会白辛苦你，我会尽我的能力付给你一些报酬。

我不忍说出的一句话是，我知道你刚从里面出来，身上肯定一分钱都没有。我更不忍说出的另一句话是，我也知道你一定会答应的，因为你没有多少选择。

我发现我在这个世界上越来越像一个形容丑陋的软体动物，我那只摄像机就是背在我身上坚硬残忍的壳，下面包裹着的是我内里那种肉质的软弱和干渴。

果然，她只是疲倦地点点头表示同意，也不多说什么，便侧身朝里躺了下来。我刚要伸手关灯,她忽然睁开眼睛恐惧地对我说,不要关灯,我在监狱里十五年晚上都没有关过灯,关了灯我会睡不着,会害怕。

于是灯就整晚那么亮着,我能听见灯泡里面因为阻丝燃烧而发出的微弱的爆裂声,有一只虫子使尽全力想撞到灯泡的光亮里去。她背对着我,但显然也没有睡着,我觉得应该让她轻松一点,便对着她的背影说,不要为难,我肯定不会勉强你的,你要不愿意明天就可以走。我是想说,你不要把这个事情当成一种负担,甚至也不算一种工作,你只要给我讲一些你们工厂过去发生过的真实的故事就好,就你知道的那些过去的事。我想在这部电影里能说点实话。

她重复了一遍,那些过去的事。

我说,对,你好好想想。

我没有办法告诉她,那些过去已经变成一个时代,而不管是多么疯狂多么无法理解的时代,只要放在整个的历史中去看,就会发现它们自有着一种内部的秩序,内部的音律,甚至于悠然自得，就像四季俯仰日月盈昃一样。

　　她面朝里安静地躺在那里，不再接我的话。不知道是不是已经睡着了。她好像完全不介意睡在这屋里另一张床上的是个男人，那也就是说，这种性别之间的气息差异对她来说已经很不重要了，她并不在乎我是个男人还是个女人，显然我只要是个人就可以。她虽然就睡在离我两米之外的地方，我却感觉她整个人是被装在一只透明的玻璃匣子里的，她不想出来，别人也别想进去。至于我，一个学油画出身的摄影师，即使再窘迫再孤独，也还是有一些执拗的审美，很难对她有任何性别上的幻想。

　　这时候我忽然发现她只睡了靠外的半张床，而靠里的半张床是空着的，这不像是无意中空出来的，倒像是刻意留出来的。细细一看，倒像是有一个看不见的人正躺在那里，我忍不住打了个寒战。这时候我又发现，摆在她枕边的那只小布包不知什么时候已经不在那里了，而是被她紧紧抱在了怀里。

四

第二天早晨,我醒来的时候她已经在洗漱了,我看到她正用那块粉红色的新毛巾反复擦洗自己的脸和手,末了,又把那毛巾久久贴在自己一边的脸颊上摩挲着,不舍放下。

吃早饭的时候我点了两笼热气腾腾的包子,她并不看我,只是面无表情地看着包子,然后一声不吭地拿起来一个吃了。她嚼得很慢很细,嘴里没发出一点点声音,嘴唇也几乎不动,像是很不好意思被我看到她正在吃包子。她吃完一个,犹豫了一下,又拿起一个吃了,然后又吃了一个。吃完第四个包子的时候她忽然打了一个饱嗝,她一惊,像是不相信是自己发出的声音,吓得连忙把嘴捂上。

我递给她一碗小米粥,问道,你这些年在里面过得怎样?她又把那几句话机械地重复了一次,白天到车间干活,晚上按时睡觉,过年过节还有顿饺子吃。两人沉默了片刻,我又试着问，你为什么在九十年代末才进工厂？那个时候国有工厂已经都开始面临改制和破产了啊。李小雁不安地看看一边的摄像机，又不时偷看我一眼，半天才说，我想回厂里看看，行吗？我心中暗暗高兴，看来她还愿意回去。

她带着我来到了工厂门口。深秋的风从废墟一般的工厂上空呼啸而过，我和她站在金色的木马前，都有些畏惧地看着这庞大的骨骼林立的老工厂。当我们一旦走在其中的时候，我又觉得就像立刻坠入了时间的永生地带，周围除了时间还是时间，大团大团黏稠的时间，无边无际无始无终的时间，大雪一般覆盖住一切道路。没有过往，也没有将来。

她脚步蹒跚地往前走，眼睛上有一层灰蒙蒙的薄脆的泪影。我不忍心去看她的脸，只通过摄像机看着她，这样就好像给我们彼此都隔离出了一个安全带，好像我和她并不在一个世界里。来之前我已经和她说过，她可以用她所愿意的任何方式去讲述这工厂里过去的故事。但我发现，当她真的站在这工厂里的时候，即便不说话,光是她的表情和背影也足以令我满意了。

　　走着走着李小雁忽然站住了,她只是举目四望,却不敢再往前走一步。我猜测,她一定是来到了什么熟悉的地方。这么多年里,她一定会在梦中一次又一次地来过这里,在那些黑白的梦境中,她看不清任何人的脸,包括她自己的。十几年之后当真的站在了这梦中的工厂里,她一定在艰难地辨别着,这是不是只是又一个梦境。

　　呆立了一会之后她终于又迈步,脚步蹒跚地向工厂更深处走去,我扛着摄像机一路跟在她后面。我想起诺兰有一部电影就是关于多层次的梦的电影,做梦,梦中之梦,梦中之梦之梦,梦中之梦之梦之梦。电影中的梦就是在虚无中用意识建造出一座城市,梦中人的每一次退出与重新进入都是一座身世之牢。所以,那些一再重复的梦境,对一个人来说其实很容易变成一个真实的世界,直到他彻底无法区分梦境与现实。

有些走累了，我们在长满荒草的台阶上坐了下来，荒草没过了我们的头顶。我说，你曾经梦见过这里吗？果然，她说，开始的时候每晚每晚都会梦见这里，没有一个晚上不梦见，梦见我又来上班了，梦见我们新发的白帆布手套戴在手上，在阳光下干干净净的。梦见我们又围着桌子吃着瓜子开茶话会，梦见我们表彰先进工作者的镜子还挂在墙上，又梦见我们一起在厂子后面的树林里摘柿子吃。秋天的时候柿子叶基本上已经落光了，只剩下那些金色的大柿子挂满枝头，阳光好的时候，看上去真像在树上点着一盏盏灯笼。那柿子又软又甜，鸟儿们和松鼠们也爱吃。我还经常梦见我以前的那些同事们，每次他们都对我说同样的话，你可回来了啊。我在梦里都能清楚地感觉到自己的快乐和担心，我在梦中对自己说，这次一定不是做梦，这次一定是真的，我一定是真的回来上班了，我终于又回来了，这次回来我就再也不走了，我愿意到老都在这里，我哪里都不想再去。有时候做梦做着我就会哭出来，一直到把自己哭醒为止。醒了才发现，原来真的还是一场梦，还是一场梦。然后我就会想，能再回到刚才的梦里该多好啊，我想再睡过去，再继续那个梦。所以在监狱里有很长一段时间，整个白天里我最盼望的就是天黑，因为天黑了就可以睡觉，睡觉的时候就可以做梦。到后来，再后来，一年又一年过去，梦见这里就越来越少了，有时候一年才梦到那么两次，每次梦到这里的时候我就像过节一样高兴，觉得不管过去了多少年，自己终于还是回来了，在梦里又回到这里了。你不知道，有时候做梦让人真快乐。

她脸上仍然是那种麻木而略带不安的神情，看不到我期待中的大恸或大喜。她就像一个正游走在冥明分界处的魂魄，好像她自己也分不清过去和现在，分不清狱里与狱外，甚至也分不清现在到底是一九九九年还是二〇一五年。

时间对她好像已经失去了效力。

我问她，这工厂里你最喜欢的是什么地

方？她慢慢走到墙角下抓起一把土给我看，她边在土里翻找着什么边说，你看这厂子下面的土，这下面都是沙土，里面还经常能找出很小的贝壳，看，就是这样的贝壳的碎片，北方连雨都很少下，怎么会有贝壳的碎片？我很小的时候跟着我父亲来这工厂里玩的时候就发现这个秘密了，但我没有告诉过任何人。因为我觉得这是只属于我和这工厂之间的一个秘密，它就像一个老人一样，有很多属于自己的秘密，我得为它守住这点秘密。后来我也想过，这个县城在几亿年前可能是海底，后来沧海桑田地壳运动，把海底变成了黄土高原，就是在这黄土高原上慢慢有了村庄、县城和工厂。所以这厂子在很远古的时候其实是在海底的，可能这里原来长满水草和五颜六色的珊瑚，鱼儿们在其中游来游去。现在却变成了一片破旧的工厂，连一个人影都没有了。我从小就没有见过大海，那时候就是因为这些从沙土里捡出的贝壳碎片，我突然就觉得离大海好近，好像我就站在曾经的海底，鱼儿们正从我身边经过，海星爬到了我的脚趾头上，水草像头发一样飘来飘去，我站在那里是多么自由自在啊。

我还是想问问你，你为什么要在快三十岁的时候忽然回到这工厂？

在我小的时候，我父亲来工厂上班的时候就把我也带来，让我一个人在厂里玩，捉虫子、捡石子、摘柿子。我对这里最熟悉。

你那时候是不是还把进工厂当成是进体制的保障？

我从小到大都没有自己做过什么主，上学的时候只想做个好学生，因为别人都喜欢好学生。刚上完初中，别人说正流行下海，上学没什么用了，不如去南方闯荡，我就跟着去了广东打工。我就像一直在被推着走。我在南方待了很多年，都快三十岁的时候，忽然就想回去。别人又说你都出来这么多年了，南方比北方工资高，别人都往南方涌，你却要回去。可是我忽然觉得，这些和我究竟有什么关系？我总是想起通往工厂的那条小路上开满野花，想起沙土里的那些小贝壳，想起秋天里的那些大红柿子。一想起这些我心里就觉得快乐。后来我就自作主张回来了。我回来的时候也不知道再过两年工厂就要倒闭了。

听到这里，我心里忽然就一阵难过。我发现我在拼命窥视她、打探她，想要打探到一个人与体制之间的真正关系。因为我已经开始越来越频繁地怀疑自己当初离开京城到底是对的还是错的，而我又不能不为这种怀疑感到羞耻。如果说我不该离开京城却离开了，而她是不该留在工厂了却一定要留下来，我们看似两辆列车一般背道而驰，结果却奇异地殊途同归。

我摘了几枝身边的狗尾草编成一只鸟送给她，她笑了一下，说，小时候常玩的。我又问，可是，后来你都知道厂子要倒闭了为什么还不愿意离开？

我都回来了还能去哪里？

所以你就想一辈子守在工厂？

守不住的，最后什么都要消失的。我在监狱里睡不着的时候经常想，那么大的一个工厂怎么说没有就没有了，看来世上真的没有什么永远的东西。我们那个县城说不定有一天说消失就消失了，说不来哪天这黄土高原就又重新回到海底了。我们住过的房屋、我们的工厂都会被海水淹没，人是没法再住进去了，只有大大小小的鱼儿们从门进去，再从窗户游出来。还有螃蟹、虾米、贝壳都住在里面，像一大家子一样。这样想来想去，就觉得守不住也无所谓了，连海底都能变成高原，又能从高原变回到海底，一个工厂又算个什么。

我忽然想起在棺材街上听到的那些话。

中年男人丙（下岗工人）：李小雁是后来才进了我们厂的，那时候都很晚了，一九九七年吧，从她进厂到厂子倒闭统共也就两年时间。她进厂的时候年龄已经老大不小了，奔三十了吧，听说在广东打了好多年工，也不知道干过些什么乱七八糟的工作，只听说好像被骗过好几次，钱也没挣到多少，还有人说她在那边坐过台，也不知真的假的。进厂的时候还打着她爸当年死于厂里事故的旗号，不然也招进不来。她倒不是坏人，但是确实不太讨人喜欢，怎么说呢，就觉得不知道她什么地方总和别人不一样，她那么大年龄的人了，时常表现得像个小姑娘一样，要么在自己的衣服袖口上绣朵花，要么在手腕上用五色线戴了两只小铃铛，盯着片树叶也要一看老半天，还把厂里那些开残了的花瓣都拾起来说要做香囊。说上进倒是真上进，可上进得也和别人不一样，像个小学生一样。你想她都那个年龄了，又独自在外面闯荡了多少年，开会的时候还要坐在第一排，一个字一个字认认真真地做笔记，好像别人告诉她什么她就听什么，领导说的那些假大空的话她居然也都相信，还要记下来。见了领导恨不得把整颗心都掏出来给人家看，她好像生怕别人会嫌弃她。她倒是在背后从不说任何人的坏话，不搬嘴，也不扯闲话，一说全是些书里面的话，像背书一样，可是这样已经很吓人了不是？下班了也不走，还要一个人在车间里加班加点，钱也不比别人多拿一分，上班又来得最早。听说她晚上还要熬夜点灯地写诗，就是写个花朵啊月亮啊，写好了还要往外投稿。

我说，其实你当时是不是一回到厂里就已经感觉到那种失业前的危险了？

……

我又说，你还记得当年你戴在手腕上的那串铃铛吗？你还留着它们吗？

她不看我，好像没听见，只是向着那些幽暗的住着蝙蝠的车间走去，我紧跟在她后面。车间里蛰伏着一台台锈迹斑斑的大型机器，像插满墓碑的坟场。她指着这些庞大的机器说，我当年就在这个车间里，当年好几个工人的手指都是被这种切钢板的机器切掉的，那被切下来的手指自己还会蹦一会儿，还有人的整只手都被切掉了，就是从手腕这里。我当时很害怕的，害怕哪天我的这只手也被整个切下来。所以那时候就给自己编了串铃铛，铃铛叮叮当当响的时候就像在提醒我，要小心要小心。干活的时候我真怕自己的手忽然就没了，后来这只手一直留着，那铃铛却早不知丢哪里了。

她站在机器中间，一边细细端详着自己的那只手，一边说，那时候我是很害怕，害怕传说中的破产，害怕手会被机器切掉，所以我就拼命地给自己找些小快乐，就是用月季的干花瓣做个香囊我都觉得很快乐，戴串铃铛我也会觉得快乐。

我们默默地往出走。

我用摄像机对着外面那些冰冷的钢炉说，这些钢炉都烧开的时候是什么颜色的？可惜看不到了。

她说，是金红色的，好像太阳住在了炉子里，让人都睁不开眼睛，还让人觉得恐惧，因为你不知道它们什么时候会突然跑出来。后来真的有个钢炉裂开了，里面的铁水喷了出来，就像太阳炸裂开一样晃眼。人们还没看清楚的时候就烧死了一个司炉工人。

我问，被铁水烧死的人是什么样的，会不会变成黑炭？

她轻轻笑了一下，说，黑炭？怎么可能，只是一缕青烟罢了，只有一缕青烟，在一秒钟之内一个人就变成一缕青烟飞走了，你都来不及和他打招呼，也来不及看清楚，他是从窗户里走的还是从门缝里走的。

我打了个哆嗦,说,怎么听着就像聊斋一样。

我们走进一座二层的楼房,穿过长长的走廊,走进幽暗的休息室,我和她在休息室里的一把长条椅坐下来歇息,长椅上落满灰尘,阳光透过破碎的玻璃进来,生生灭灭地在她脸上变幻着,像有四季正在那里疾驰而过。我小心翼翼地问了一句,你在这厂里上班的时候,谈过男朋友吗?

她正数着在我们脚下一寸寸爬行的光阴,数了半天,那阳光爬走了,她才怅惘地说,有啊。十几年前的一天,我们刚在这里吃过午饭,那时都是自带的饭盒。然后就是在这把椅子上,赵金良,我们厂最优秀的一个技术员,是个大学生,那时他是我的男友,就是躺在这里,把头枕在我腿上给我讲了很多很多。他给我讲他小时候,讲他外婆,他外婆怎么带着他在雨后采蘑菇,怎么带着他走几里山路去听戏。那时候陆续开始下岗了,车间里上班的人已经少了很多，但机器每天还在转动，我们只要看见机器还在转动，就觉得还有明天，心里就踏实了不少。那天他好像有什么预感一样，忽然就对我说了很多很多话，又说他小时候就爱学习，因为除了学习，他知道没有别的出路。所以后来还算顺利地考上了大学，他们全村几年里就出了他一个大学生，大学一毕业就被分到我们厂里做技术员。他的话刚刚说完，就见我们车间主任急匆匆走了进来，看见我们坐在这里就告诉了我们一个消息，通知下来了，从明天开始厂子就正式解散了，工资停发，以后就不用来上班了。车间主任走了很久了，我们还在这里坐着，没动。后来他忽然就一把抱住了我，但什么话都没有再说。

  我想象自己正坐在一间黑屋子里剪辑这些片段，我把棺材街上听到的一段话剪下来贴在了这里，仿佛它们是一堆万花筒深处的碎片，只要随意变换一下位置和颜色，就可以看到深处和更深处的景致。

  中年妇女丙（下岗女工）：李小雁当时已

经快三十岁了，还单身着，我们厂长还试图要给她介绍几个外厂的男工人，她都不去见，也不愿和人家介绍自己的情况。看她那样子倒不着急，不像是想结婚的样子。可是我们都知道她偷偷喜欢厂里一个叫赵金良的技术员，他们年龄也差不多，也都没成家，但人家赵金良是大学生，怎么可能看上她？她自己也明白，所以死也不敢过去和人家说句话，就只在背后一遍一遍地偷看那个人的背影。直到我们厂子后来倒闭大家散伙了，她都没敢说出来。大家伙都下岗了，那就更没机会了。你不知道李小雁当时最怕的两件事，一件是别人在她面前提文凭，另一件就是别人问她在广东打工的那十年是怎么过来的。她特别害怕别人问她文化程度，所以有些职工登记表格发下去她也不填，工会上告诉她不填要影响工资的，她还是不填，当没听见一样。我还记得她喜欢动不动就写诗，大中午吃完饭她还要趴在办公室的桌子上写几句诗，写完还要自己读几遍，都成了我们的笑料。大概是她觉得这样能显得她有文化一些吧。

我问，那你们后来为什么不结婚呢？

她没说话，从椅子上站起来。下楼。继续往前走。我扛着摄像机跟着她。我恍惚听到在我们身后还有一个人沙沙的脚步声，回头张望，却不见人影。我跟着她来到厂子后面一个半干枯的水塘边，水塘的后面是一片树林，因为常年没有人来而显得阴气森森。她看着那水塘说，这原来是厂里最美的地方，这塘里面原来有很多水的，还有鱼，是个野生的水塘。我记得那时候塘边长满了芦苇，八月的时候芦苇开满了白花，下雪一样，飘得水面上到处都是。老是有大大小小的鱼儿们浮出水面，用嘴去咬那些芦花，你站在岸边都能看到水面上那些一张一合的鱼嘴，特别好玩。那时候水还是清的，夏天的时候就有男工人们在这水塘里游泳，冬天的时候整个水塘都会结冰，冻成一面厚厚的大镜子，胆大的年轻人还会在上面溜冰。那些冬天的黄昏，夕阳快要落山的时候，金色的余晖会斜斜落在整个冰面上，整个水塘看上去就像一大块金色的水晶，会有一种很壮丽很辉煌的感觉。那时候，我和赵金良，大冬天下了班也不愿回家，就愿意坐在岸边一起看着这夕阳下的冰湖。我记得有一次我一扭头，正好看到他满头的黑发被夕阳染成了透明的金色，毛茸茸的，像婴儿头上刚长出来的那种柔软的毛发。我忍不住就伸手摸了他的头发一下，他就乖乖坐着，只是看着远处笑。北方的冬天真是冷啊，我们坐在那里经常鼻子冻得通红，得不停地跺脚，互相搓手，却还是想多坐一会儿，多坐一会儿，直到天完全黑下来。那时候我觉得我们两个可以一直就这样坐下去，一直坐到我们都满头白发，得互相搀扶着走路。

中年妇女丁（卖菜的小贩）：那时候我们在厂里都知道李小雁为赵金良写过很多情诗，我们就打趣赵金良，问他一共收到过多少情诗？他就很着急地辩解，你们不要乱说话，真的一首都没看到过。又过了几个月，他忽然就和一个小学老师结婚了，大概也是为了堵住人们的嘴。我们知道他心里压根儿看不上李小雁，所以就不愿让人们多开他俩的玩笑，要是个自己喜欢的姑娘，怕他都每天盼着人们开他的玩笑呢。而且那时在工厂里大家好像都觉得写诗是一件好笑的事情，谈起这件事的时候互相之间都抿嘴一笑。

她抬头望着水塘对面的树林，我也朝那里望着，我忽然想起，老车间主任说的他和相好幽会的那片树林大概就是这里。她说，就是这片林子里长着很多柿子树，还有核桃树、杏树。每种树的性格其实都不一样，有的喜欢热闹，有的就喜欢安静，可它们还是能平平安安地长在一起。我记得林子里有棵大杏树，每到春天的时候就开满杏花，我特别喜欢站在那棵树下，有风吹过去的时候一树的杏花就像下雪一样落我一脸一身，那时节整个树林里都是杏花的清香。

我说，那我们要不要绕过去看看。她却摇摇头，转身离开。

我跟在她后面继续往工厂深处走去。走着走着我看到厂房外面有一只很长的水泥池，便问她，这是做什么用的？她说，这是原来的电镀池，机器上的零件做出来之后要在这里电镀一下。我记得那是一个夏天的下午，厂子里的白杨树已经长得很高，一有风吹过，树叶就叮叮当当响成一片，有大知了在树上叫个不停，树下的蜀葵和波斯菊开得正鲜艳。我们围着池子一起把电镀好的零件捞上来，刚镀好铬的零件在阳光下闪闪发光，像刚捞上来一大网银色的鱼。你说奇怪不？这么多年都过去了，那个下午的阳光和蜀葵我却一直记得清清楚楚，就像昨天一样。

水泥池的旁边是一间无声洞开着的巨大车间，看不清里面是什么，只觉得里面凝固着一团一团阴森的黑暗，使人本能地不敢走近。我指着那车间问了一句，这又是什么地方？

她看着那车间迟疑了半天，忽然幽冷地低低地说出一句，电解车间。

她说这句话的时候，正是夕阳完全坠入树林之时，随着天边最后一抹光线的消逝，周围的一切轰然堕入了巨大的黑暗。车间、水塘和树林都变成了粗粝的黑色剪影，在墨蓝色的夜空下静静散发出鬼魅的气息。

《雪夜》

　　　李小雁

春雪的声响

很轻

就像冬天从未来过这里

我在这落雪的夜晚写信

给那个过去的自己

我想感谢她

一直陪着我等到一场雪

　　深夜，惨白的灯光下，我和她躺在各自的床上。放在一边的摄像机像一只无处不在的荷鲁斯之眼，它不分白天黑夜地在工作，要把她纤毫毕现的每一寸神情每一个动作都记录下来。经过剪辑之后，我要让这些黑白的影像变得明艳动人，我想让那些被深埋在时间之下白骨一样的秘密轰然开放。我期许把它带到电影节上的时候能引起一些轰动。

　　所以我必须得拍好这部电影，因为这样就算是没有什么商业票房，起码也可以获得一些电影基金会的扶持。

  躺在床上睡不着便又细细算了算账，在棺材街上的采访花掉了一些钱，除了像老车间主任那样急着出名的人不收钱，其他人多少都要付一些报酬才肯开口说话的。还有每天我和李小雁的吃住开销，老是住在旅馆里成本太高，还是得租房子。这样算下来，前女友上次打到我账户里的钱也快用完了。我唯恐看到等我再次山穷水尽时，前女友又一次把钱打进了我的账户，却更恐惧于她即将把我忘记，即将把我彻底抛弃到人海中再不会想起我。

  我躺在嘎吱作响的床上，又不能关灯，连黑暗里都去不了，觉得真是焦躁而无处可逃。我朝那张床上看了一眼，那女人正背对着我，衣服也不脱，她每晚都是这样穿着衣服睡觉。她对生活的期望好像真的已经低到了就这样每晚和衣和一个男人睡在一间屋里，她看上去既不抗拒，也不痛苦。在那一瞬间，我忽然对她充满了怜悯、嫌恶还有愧疚。我第一次想到，如果有一天我离开这里了她该怎么办？

她忽然轻轻翻了个身,看来也没睡着。我试探着问,你是不是也没睡着?那聊会儿吧……你在监狱里睡不着的时候会做什么?她面朝墙沉默着,我以为她打算装睡,没想到她突然开口说话了,她说,想事情,什么都想,把从小到大所有能想起来的事情一件一件想一遍,反反复复地去回忆每一个细节。想到后来,那些过去的事情就会变得像真的一样,好像正在我眼前发生,包括过去了的那些人,那些很久以前的人们,还有那些已经死了的人们,都会一个个活生生地走到我面前跟我说话。这么多年过去了,他们居然一点都没有变老,还是我记忆中的样子,我的爷爷,我的外婆,还有我父亲,还有赵金良,还有厂长,他们看上去都那么年轻。只有我一个人变老了,像个老太婆一样满脸皱纹地坐在他们面前,我都觉得不好意思被他们看到,可是他们还是经常会来看我。后来我便觉得,人能活在回忆里其实也挺好的。我记得有一次在梦中赵金良把他的手放在了我的手上,我在梦里都能感觉到他手心里的温度，手是热的，那是人的手。我知道，如果是鬼魂的话，手应该是凉的。

老年男人甲（退休工人）：李小雁她爸如果不是当年死于厂里的事故，她可能后来也进不了厂子。但她进了我们厂子也不一定是什么好事，那不是很快就下岗了么。当时我看在她爸的份上，觉得她也老大不小了，本来还想撮合一下她和赵金良，后来一看，赵金良一听就躲，根本没那个心思，那还是算了吧。但他们没成也不一定就是坏事，这不赵金良早死了，十多年前就得癌症死了，还是脑癌，年纪轻轻的，当时他小孩才两岁，也真是个没福气的人。李小雁要真嫁给他，那也不见得是什么好事。

她的话在深夜里多少让我有些不寒而栗，显然她知道赵金良已经死了，才说来看她的不是鬼魂。我犹豫了一下还是问道，你在里面……怎么知道赵金良已经死了？她面朝里躺着一动没动，好半天才说了一句，他托梦来过。我更加骇然，却还是硬着头皮问，他告诉你他死了？她回答了一个字，嗯。我不知道该说什么，只好说，睡吧，不早了。

她便安静地面朝里躺着，不再说话也不再动，她好像一台机器一样可以严格执行外界的命令，这显然是在过去十五年的时间里条件反射成这样了。这时我再次注意到她仍然只睡了靠外面的半张床，里面半张小心地空着。这么谨慎的动作不像是无意的，而是，这半张床显然是她故意要空出来的。我还注意到，她睡觉的时候仍然把那个小布袋紧紧抱在了怀里。

她好像真的睡着了，我却一直睁着眼睛到天亮。我发现自己失眠越来越严重。

在外面打听了一番之后，我在县城的一个旧小区里找了一套房子租了下来，两居室，带厨房卫生间，还有个小阳台。这样我和李小雁可以各住一间，我终于可以关灯睡个觉了。为了进一步笼络她从而加快电影的拍摄进程，我又去农贸市场上给她买了身换洗的衣服，那种市场上衣服比较便宜，又看到有条红色的丝巾很是显眼，想起她曾说喜欢红色，便也给她买了。我已经能够娴熟地在农贸市场上砍价，砍完价之后甚至还有点小得意，但接下来便是一种很深的恐慌与自我厌恶，仿佛眼看着自己正往一个更深更暗的地方坠去，坠去。当初离开京城是为了一点所谓的尊严，而几年下来却发现好似自己上了自己的当一样。这种感觉类似于有一次我去参加一个诗人饭局，碰到一个六十来岁的很有影响的老诗人，还带着比自己小三十多岁的新任太太。老诗人在饭桌上热泪盈眶地朗诵了自己的一首代表作，大家一起热情地讨论了诗歌与艺术。然后老诗人忽然央求在座的各位给他新太太介绍份工作。饭局散后他又悄悄告诉我，没工作没一分钱收入不说，前阵子居然还花两千多块钱报了个肚皮舞班。然后又对着新太太说，不过学会也好，可以在家里跳给我看。

　　她看到新衣服和丝巾，愣在了那里，我怕她又要拼命找词向我道谢，便放下回到自己屋里。等到黄昏的时候，我忽然发现她正穿着新衣服站在阳台上，把那条红丝巾蒙在眼睛上看群山之上的夕阳，那样看上去夕阳一定是血红色的。在那一瞬间，她看上去就像一个还没有来得及长大的小女孩正在除夕里独自等待过年的鞭炮。远处的夕阳像一个巨大的伤口，几只倦鸟的影子正从夕阳里掠过，整个小城的天空都是血色的。我悄悄拿出摄像机对着她的背影。

一段时间下来，我和李小雁越来越熟，住在一套房子里使我们看起来多少有些像一家人。刚开始时她对摄像机开着的那种不适应已经慢慢消失了，那台摄像机在她眼里已经和饭盒和茶杯没有什么区别。为了取得她更多的信任和好感，我每天带她去各种小饭店找些好吃的东西，只要她有什么需要，我都尽力去满足。有一次看到一个老太太在路边摆了个地摊卖各种头花，我想起她的那个小学同学说她喜欢往辫子上戴野花，便买了两只头花送她。她看见先是吃了一惊，然后把一头半是白发的短发勉强扎起了两只小牛角辫，把头花戴上去让我看。她并不照镜子，只是站在窗前让我看。我在摄像机后面看到玫瑰色的头花在白发的映衬下竟显得有些狰狞，这时，我从镜头里又猛然看到了她此刻脸上的表情，宽容、麻木、阴沉，而嘴角略带着一丝不耐烦的微笑。我忽然明白了，她并不喜欢戴这头花，她是特意表演给我看的。为了讨好我。

更多的时候她喜欢默无声息地躲在一个角落里，那种死寂沁凉的气息会让人觉得她只是墙壁或家具的一部分，她是从它们身上或芯子里长出来的。只有在黄昏时分，她才会走到阳台上盯着那渐渐西沉的落日一看半天，直到夜色完全笼罩大地。

尽管我已经是她身边最可信赖的人，她却还是经常用一种复杂的目光偷偷打量着我。她看着周围这个世界的时候也像看着一个外星球，她说，怎么到处都是汽车，怎么一下子就冒出这么多的汽车来，以前路上都很少见的。她不认识不锈钢保温杯，说，我们那时候都是用玻璃罐头瓶喝水，进厂时人手一个，用毛线织一个杯套套上去就能手提着走。她不认识手机，说，我以前只见过传呼机，那时候有人在腰里挂个传呼机都神气活现,摆阔气。她还小心翼翼地问我,互联网到底是什么样的?

《告别》
　　　李小雁
当树叶静静地飘落枝头
我一直以为是季节
或风的过错
从来没想到
是叶子
自己要从容离开
它只想安静地衰老
腐烂
直到满心欢喜

我深夜读她那些十几年前的诗稿,一首一首地读下去,我忽然发现,她现在对我说的这些话和她十几年前写的那些诗,在气质上竟出奇地相似。也就是说,她现在其实还是在写诗。这使她讲出来的那些真真假假的往事,听起来如璀璨透明的蝉翼,似乎一阵风就能让它们刮起、飞扬,露出里面血一样鲜红的肉质。可是有时候，明知道是诗，我还是会情愿沉迷在她假设的往事里，像是行走在烟雨迷蒙、重峦叠嶂的异乡，艳丽的夹竹桃真诚地开在白墙后面，叶脉里的毒汁像眼泪一样滴在大地上。我在这粉墙黛瓦、落花微雨之间踟蹰行走，心间却是一种无名的恐惧，整条街道上看不到一个人影，也不知道那些被竹枝撑起的寂静的窗口里，到底正蛰伏着些什么。

电影的拍摄在渐渐深入，我们又去工厂里拍过多次，每次我都试图和她一起走进那间阴森黢黑的电解车间，可是每一次她都是在车间门口停住，不再说话，也不肯再往前走一步。我用各种办法鼓励她，怂恿她，我说拍工厂怎么能不进电解车间呢？为什么不进去，这车间有什么特别吗？我说你就是进去告诉我一下什么是电解车间，你总得让我知道什么是电解车间。我说这只是在拍电影，只是一部电影。她却无论如何都不肯进去。但电解车间无疑是这部电影里最关键的一个部分，我甚至开始沮丧地怀疑这部电影是不是就要在这电解车间的门口流产了。

僵持在电解车间门口,我不由得再次审视眼前的女人,她脸上仍是那种麻木呆滞的表情,只是在呆滞的下面隐隐闪烁着一丝深不见底的恐惧。她站在时间里,看起来就像一尾中间的躯体被挖空的鱼,十五年的时光在她身上挖出了一个空空的大洞,如今她看起来只是首尾相连地摆在那里,头出奇地大,脚也出奇地大,中间却是露在外面的累累白骨。

她拖着可怖的白骨和艳丽神秘的往事站在二○一五年的秋天。

五

从工厂出来天已经黑了,我在晚风中踟蹰向前,心中忽然就一阵悲伤。再这样毫无进展地继续下去,我也许就真的要山穷水尽了。然而比此更可怕的是一种恐惧,恐惧于人在山穷水尽的时候也许任何事情都做得出来,比如,会横下心来问人借钱,或者,厚着脸皮欲重返大学教书而被拒之门外。还有更多可怕的或许。在这世界上，也许确实有这么一类人，他不断奔向一种现实，但甚至就在他最投入的时候，他也总是在现实之外。

我们各怀心事地往前走，谁都没有说话。走到十字路口从一家商店的橱窗经过时，她朝那橱窗看了一眼，已经走过去一段了，她又回头朝那橱窗留恋地张望了一眼。昏暗的路灯下我还是看到了她的目光，那种头戴野花的小女孩的目光忽然又借尸还魂在了她身上。连日来积攒下的怨愤和此时的怜悯猛烈地冲撞在一起，像一种化学反应一样使我在一瞬间里就做出了一个决定。

我粗略地估算了一下自己身上还有多少钱，就扭头带着她又回到了橱窗那里。橱窗里挂着一件红衣服。衣服本身倒没有什么出奇的地方，只是红得凛冽异常，这种原始粗粝的正红色在这灰败的北方县城里显得异常招摇，它葳蕤饱满地挂在灯光里，犹如一棵长在热带的巨大木瓜树，带着一点母仪天下的慈祥，还有一点斜睨人间的妖气。我不再犹豫，走进商店买下这件衣服送给了她。

她直接就把新衣服穿在了身上，这种热烈妖气的红色与她身上的那种死滞凋敝铆合在一起时，看上去是如此的强而有力，但这强而有力又分明是一种疾病。在愈来愈昏暗下来的街道上我们一路无话地往前走。街道两边已经开始出夜市了，风灯凌乱，人语喧哗，白天扔下的纸屑像魂魄一般在夜风中踏过来踏过去。她的红衣服使这个再普通不过的夜晚忽然有了些过节的气氛。

就在这时，手机倏得亮起，一条短信通知我，有人把一万块钱打进了我的银行账户。在晚风中我呆呆地与手机对视了很久，只能是我北京的前女友，除了她不会再有别人，也只能是她。就在昨天，北京的朋友刚刚告诉了我一个确切的消息，我北京的前女友结婚了，结婚对象似乎就是那个经济条件不错的老男人。

手机是一条深蓝色的大河，我站在对岸隐隐看到了她落在水中的影子。我满眼是泪地抬头看着夜空，我不知道她是在以这种方式和我作最后的道别，还是她已经做好准备要一次一次这样继续下去了。与看到她第三次第四次再给我打钱相比，我真的情愿放弃这部电影了。

夜空澄净，月华如水，我说，今晚月光这么好，我带你去吃点好吃的吧。我带着她找到一家人不多的饭馆，临窗坐下。窗户开着，月光汩汩流进来，一种峭壁似的边缘感似乎就在窗下。在这个寻常的夜晚我莫名地生出了几分介于悲戚与狂欢之间的兴味，索性就多点了几个菜，又要了两瓶当地产的白玉汾，据说这酒里有龙眼的清甜。当地人还会在酒里泡竹叶、泡玫瑰花、泡枸杞，那些泡好的酒看起来便有些近于五光十色了，让人由不得会想起一些依稀而美好的事物，比如那春天里的桃花，长出第一片嫩叶的香椿树，金黄的银杏叶厚厚堆积在一起，还有那落在雪地里的殷红的爆竹碎屑。

穿着红衣的李小雁端坐在我对面，她今晚一直不敢与我对视，但我却能感觉到，好像有另外一个更紧张更害怕的人，正从她的身体里时刻向外窥视着我。隔着一张桌子和浩大的月光，我能隐约嗅到她身上的种种气味，酷似死亡的气味，少女时代的气味，情欲腥甜的气味，渴望腐烂的气味，蓊郁梦境的气味。所有这些气味纠缠成一片雨林，藤萝交错、重重叠叠，于阴森潮湿的空隙间孕育出另一些不可知的生命。不知道这些生命会不会也长出手脚，也有一天变成人形。就像远古时期在寂静荒芜的地球上，大海也不知道自己孕育出的生命有一天会变成人类。

　　我第一次认真打量她，以前总觉得这样太过残忍，总是不忍。她的红衣和她的白发衬在一起，有一种古艳的哀伤，我看到她手腕处有几道利器划过又愈合的紫色伤疤，看到她的虎口处居然穿了一个洞。又在她下巴内侧看到一处奇怪的伤口，面积不大却是圆形的，我能想到曾是一把钝器，比如是筷子或木棍把从这里直直插进了脑袋。我还在她的脖子上看到过一大片暗红的疤痕，那应该是某种皮肤病引起过局部溃烂,后来也愈合了。

《树叶》

  李小雁

如果下个轮回还是一片树叶

那么

请允许我在月光里慢慢生长

或者在有风的日子里

像一个普通的舞者

带领一群伙伴

在你面前招摇

直到你把我夹在一本旧书里

再藏进图书馆的　书架上

我说,今晚月光这么好,我们喝点酒吧。她好像感觉到了什么,忽然就小心翼翼地对我笑了一下,有些紧张还有些讨好,说,你对我真好,我……我都不知道做什么谢你。

我就着月光对她举了一下杯,喝了一杯酒。

她也连忙把一杯酒喝了下去。我又把两只酒杯倒满,说,来,这杯酒是敬你的,喝过这杯酒我们就要分别了。我也帮不了你太多了,以后你想去做什么都可以。

她一下愣在了那里，眼睛里忽然就有了泪光，她使劲对我笑着，一边笑一边小心地说，怎么了，怎么就不拍了？不是还没拍完吗？怎么就不拍了？是不是我哪里不好了？

我没有吭声，自顾自地把杯中的酒又喝完了。

她伸出一只手来，好像急切地要抓住我的手，但那只手只做了一个手势就缩回去了，她的声音打着战，前言不搭后语，好像充满了某种恐惧，她说，你说你要听以前的真事，我和你说过的话都是真的，你不相信吗？你不信我原来在这厂里工作比谁都卖力？你就不信吗？我在这厂里原来有个男朋友也是真的，他是个大学毕业生，搞技术的，你也不信吗？我们很相爱，都准备结婚了，可后来我们都得下岗，都没有了工作。他也觉得我很好，他很爱我，虽然后来我们不能在一起，但我知道他是爱我的。原来我以为就是别人下岗我也下不了岗的，我工作那么努力、那么认真，你知道我工作有多么努力,你根本想不到的,每天晚上我都是全厂最后一个下班的人,第二天早晨我又是最早到的一个,我洒水扫地、给暖壶里打满开水之后,才有人开始来。连开会笔记我都是全厂做得最认真最工整的一个,不信你就去看,谁看我都不怕。

我把窗户开得更大了些,好让更多的月光能流进来,能在我们中间设一层帷幔,去抵御那些疼痛。看着水一样的月光渐渐把我们淹没,我忽然不想再掩饰自己的绝望和徒劳,我忍不住冷笑了一声,她听见了,我也听见了,空气陡然在变硬变脆,她整个人也在变硬变脆,但她还是挣扎着说出一句,我,不知道你到底想听的是什么?

我直视着她说,你和你那叫赵金良的男朋友,真的曾说过一句话吗?她脸色惨白,坐在那里一动不动。我狠了狠心,终于说,我想拍的是一部关于工厂的真实的电影,但你对我说的话都是表演性的。

摄像机在一旁安静地注视着她的脸,我断

定她心里已经开始坍塌了,因为我在她脸上看到了疼痛的瞬间与享受疼痛的瞬间相结合时一刹那的临界点,一种心碎到略带狰狞的表情。然后她用舌尖舔了舔干燥的嘴唇,忽然就微笑了。我看到她的微笑却忽然有些害怕了,似乎有什么陌生的庞然大物正迎面向我走来,我忍不住往后缩了缩,给月光和她腾出了更多的地方。满世界都是这无孔不入的月光,像是要把一切都遁回原形。

她紧紧看着我的眼睛说话,似乎只有这样我才不可能中途从她眼前跑掉。她说,以前别人都笑我写诗,你知道我为什么喜欢诗歌?因为每次读诗歌的时候,我都能想起一些美好的事情,我会想起小时候我奶奶家门口的那条小溪,会想起夏天的指甲花,秋天的黄叶,还有冬天的大雪。真的,在广东那么多年,我最想念的就是家乡冬天的大雪,屋顶、树枝都是白色的。但我知道我的诗写得不好,我文化不高,上完初中就去南方打工了,我父亲当年死于厂里的一次事故,我妈没工作,我弟弟还小,没有人养家。那时候正流行下海,听说能赚钱,老师们又说我根本不是考上大学的料,我就跟着大人们去了广东,进了工厂。这都是真的。

说到这里她停顿了一下,我忽然有些紧张,不知道有什么即将从她的话里走出来。

她继续,很多年里我给家里写信总是说我一切都好,还要往家里寄钱。其实我找第一份工作就被人骗了。三个月试用期后,那老板让我和他睡觉,不然三个月的工资一分钱都拿不到。我记得我半夜回到出租屋的第一件事,就是给厂里一个对我还不错的老乡打电话,他比我大五六岁吧,我第一个想到的就是他,也只有他了。我一边哭一边在电话里哀求他,你做我男朋友吧,求求你做我男朋友吧,我想有一个人能保护我,真的真的,我现在好需要一个人能抱抱我,就只是抱抱。他睡得迷迷糊糊被我电话吵醒,并没有认真听我讲什么,只不耐烦地回了一句,你神经病吧,大半夜的。然后"啪"一声,他把电话挂了。后来我们再没见过面,因为我一拿到工资就又换了份工作。

我又端起一杯酒作掩饰，我已经有些怕听下去了。却只见她一边说一边在胸前指手画脚地比画着，像是要把那里剖开，露出里面，拼命想让我明白她的意思。因为有了些醉意，她的动作看起来笨拙滞重，所以幅度都很夸张，以至于使她周身看起来正处于一种极度干旱极度匮乏的状态。她忽然高声道，可是，无论如何你一定要相信，我是一个多么想美好的人。

我说，好。

你要相信我从小到大是多么努力，我一直努力地学习，努力地想当个好学生，后来努力想当个好工人。不错，我是很贱，我十七岁就为了三个月的工资和别人睡觉，我算个什么东西，我确实不是个东西，我也看不起自己，厌恶自己。可是，你就不相信我的努力吗？在广东打工的时候，只要一有空我就看书就写诗，我还一次一次往杂志和报纸上投稿，可是从没有任何回音。就是没有回音我也还是要写，我是写给自己看的，真正的诗都是写给自己看的，对不对？

我说，对。

　　我是什么苦都吃过的，我不怕。记得有一年冬天我一个人流浪到北京，想找工作却没找到，那晚下着雪，我身上所有的钱都不够住一晚小旅店。我就拎着个包冒着雪往前走啊走，我没有目的，不知道该去哪里，就那么在雪地里不停地走不停地走。公园里的长椅上都是雪，不能睡觉，桥洞下面太冷了，坐一会就会全身冻僵。我只好不停地往前走，不停往前走，生怕自己停住了就再也起不来了。那时候我已经不想给任何人打电话了，因为我知道那没有用。我从来都没交过一个真正的男朋友，但有那么一个男人已经成了我想象中的一部分，我不知道他是谁，也不知道他在哪里，但我知道有一天我一定会和他在一起过上安生的日子，他就在那里等着我呢，我迟早会走过去，他就在那里呢，又跑不了。我一直走到半夜实在走不动了，终于想到了一个办法，我坐上了夜班的公交车，从第一站坐到最后一站，再从最后一站坐到第一站，这中间的路途上我靠在椅子上睡了会。可我觉得在最苦的时候,我写的那些诗却是最好的。

《红棉鞋》

　　李小雁

大雪下着

像极了童年的故乡

那个下雪的夜晚

我在雪地里丢失了一只红棉鞋

你找了许久

在雪地里找到了一只小猫的尸体

它在你掌心里蜷成一个冰球

都可以装进我那只红棉鞋里

带走

夜已深,饭馆里已经没什么人了,除了我们俩,还有两个在对饮的中年男子。从窗户里望出去,清冷的街上已经看不到什么人迹,一轮金黄的大月亮就挂在窗外。她拿起瓶子咕咚喝下去一大口酒,我正要劝她不能再喝了的时候,她的泪却哗地下来了。她忽然把身上那件红衣服紧紧裹在身上,就像冷极了一般,她一边流泪一边大声说，在那样下大雪的冬天的夜晚，没有人能抱住我，没有一个人，谁都不能。我只能用大衣紧紧抱住我自己，就像我现在这样，你看到了吗？我当时就是这样抱住自己的，紧紧地抱住自己。你知道吗，那时候我真的很需要一个人能抱着我，我特别特别需要那个时候有一个人能抱着我。我非常非常需要那种被人抱着的感觉，就只是被抱着，什么都不做，就只是被抱着。你知道吗，无论我在哪里，其实我都很孤独很害怕，没有人会保护我，我只有我自己，所以我要写诗，所以我必须得不停写诗，可是，我最想写的那些话却怎么都写不出来。

她几乎是号啕大哭了，一边大哭，一边踉跄到我跟前一把抱住了我。两个喝酒的男人一脸惊讶地扭头看着我们，饭店的服务员也全都围了过来，连厨师都围过来了。我赶紧扛着摄像机，扶着喝醉的女人走出饭馆。

她先是蹲在路边撕心裂肺地吐出一堆东西，我说，吐了就好了，我们回去吧。她不肯走，仍踉跄地站在晚风中拼命地用两只手向我比画着，我要再不告诉你你就要走了是不是？那都告诉你吧，其实我不是被骗过一次，这么多年里我被骗过好几次，有个男人说喜欢我，他还读过我的诗，但后来却骗走了我的钱。你看到我虎口上的这个孔了吗？是有个算命先生告诉我的办法，在这里穿个洞，系一条红绳，就能把运气转过来，就能遇到那个心爱的人。假的，我在这里系上红绳也不管用。我从来不敢告诉别人这些，害怕告诉了别人就更没有人喜欢我了。可是今天我要是不告诉你你就要走了不是吗？你就要走了。我还要告诉你，我在监狱里死过好几次都没死成，每次都被发现都被救活过来。这里，这里，你看到了吧，这不是你想知道的吗？那我告诉你这个疤是怎么来的，监狱里根本找不到自杀的武器，这是我把牙刷把偷偷磨了好多天，磨尖了从下巴这里戳进去想把自己戳死，连这样我都没死成。可是后来慢慢地我就不怕了，好像我所有的害怕已经到达了顶点，就再也害怕不起来了。我还有个秘密,也都告诉你吧,我都告诉你了你就不走了,是吧?我有一个儿子,有一个孩子陪着我呢我还怕什么,所以后来我就真的什么都不怕了。

我也有些醉了,觉得离月亮如此之近、如此之大,似乎只要一步就可以跨进去。据说,在那真正的月球上,一个脚印都可以安静地保留上百万年,而每粒微尘皆可尽享永年。两千年前从地球上看它的目光和我现在的目光并没有任何区别,而两千年前的人们早已化为尘埃。再过些年,无论是我还是李小雁也都将是这样的尘埃,我们看上去不会有任何区别。这整个世界就像一个幻象。

我们两个迎着金色的大月亮,在寂静的天地间,相互搀扶着往前走。我说,你居然还有个儿子,你都没告诉过我,你儿子几岁了?她举着头,一边看大月亮一边痴笑,八岁了。我在醉意中掰着指头数了数,八岁了都,哎,不对啊,你在里面待了十五年,怎么会有个八岁的儿子,难道是你在监狱里生的?那他现在在哪呢？对了，他爸爸是谁？

可是这女人只是对着月亮满足地笑，并不打算理睬我的话。似乎她眼前就是螺旋式的台阶正垂在天地之间，她只要拾级而上就可以爬到月亮里去。深夜的小县城越发阒寂，街上只有我们两个人拖着长长的影子。我似乎再次听到有种神秘的脚步声在后面跟着我们，猛一回头，不远处的阴影里真的站着一个人影，却只是站在那里，并没有向我们走来。我看不清那人的脸，又疑心自己确实喝多了。这时一阵凉风袭面，酒醒了一半，我怕明天酒醒了我又开不了口了，便趁着一点残留的酒意对她说，你又在骗我吧？你哪有什么儿子，我知道你这人就是喜欢编故事。

她背对着我忽然站住了，月光愈发盛大，似乎有太多花和树的秘密即将在这月光里怒放，蛛网般的叶脉，藤萝交缠，血腥的花瓣遮蔽着重重杀机。她终于回过头来，在月光里用一种阴森庄严的神情对我说，你还是不愿相信我？要我告诉你多少遍你才肯相信我是一个好人？我并不知道我有一天会去杀人会去坐牢，可是，就算我真的杀过人坐过牢，你就觉得我是个坏人吗？我就应该是个坏人吗？我喜欢写诗，我写了很多诗，你说一个坏人会去写诗吗？

　　我听到自己呼吸加速，心跳不止，在银器一般洁净明亮的月光下，我听到自己如释重负而又小心翼翼的声音，原来你真的杀过人？！

《宽恕》

　　　李小雁

多年以后

我静静躺在坟墓中

我所有的亲人已经在土壤中等我

就好像　我们从来没有分开过

云彩下面走动的不再是我

一想到这里　我的心

就会变得温暖和轻松

六

又是那条通往工厂深处的甬道。

常年疯长的荒草几乎已经把道路吞噬了一大半，只留下一条狭窄的小道。从这小道上往工厂深处走的时候，会发现越是往深处走，这些荒草越是长得狂野、恣肆、妖气森森，让人都不敢朝那野草深处多看一眼，似乎那里面蛰伏满了大大小小的秘密，因为时间，因为寂静，这些秘密已经纷纷变老，已经长出了坚硬的盔甲和满面的皱纹，却还在这荒草里抵御着四季和流年，冬雪和烈日。我甚至怀疑，它们会不会结伴出来拦住我的去路，向我哀告一种过时的冤屈，或者，向我亮出雪白的獠牙。可是，没有，只有过人头的荒草和踽踽走在前面的李小雁，还有背后隐隐约约的神秘脚步声。

这次竟是她主动提出来的，主动提出要带我去电解车间看一看。她默默地走在前面带路，我扛着摄像机跟在她后面，拍下这条阴森的甬道和她走过的每一个脚步。她终于在那个神秘的车间门口停住了脚步，我也随之停住，还是忍不住打了个寒战。整座车间看上去就像一座废弃在大漠深处的古堡，车间的窗户和门都是洞开的，有风像大蛇一样在门窗之间呼啸盘旋，疾驰而过。站在门口往里看，里面只有一团团黑黢黢的影子。这就是我一直以来最想进去的那个车间——电解车间。

她走在前面，我小心翼翼地跟在后面走了进去。眼睛适应了最初的黑暗之后，我大致看清楚了这是一个巨大的车间，到处是生锈的机器、各种粗细不同的钢管和已经废弃的钢板，在车间的中央沉默着一个巨大的水泥池。李小雁站住不走了，看上去全身都在微微发抖，并不说一句话。我怕她又要改变主意了，忙问道，你怎么了？她仍不说话，只见她呆立片刻之后，忽然拖着两条发飘的腿向那水泥池蹒跚而去，我赶紧跟了过去。我和她一起望向池底，巨大的水泥池里空荡荡的，池底是一层黑色的淤泥，还散发着一种刺鼻的气味。我忽然明白了，这就是电解池。也就是说，我已经站在当年的杀人现场了，虽已年深日久，只觉得杀气还是扑面而来。心中顿时一阵惊恐，不由得后退两步。

电解池早已枯涸，只残留下一些枯骨般的钢板沉在池底的淤泥里，还有一团团发酵得坚如固体的盐酸气味。时间早已从这里撤离，只能从这些残骸里隐隐约约听到这个车间里当年充斥的各种声音，机器声、人声、钢板扔进电解液里时发出的沉闷的回声。又恍惚能看到当年生生灭灭在这个钢铁丛林里的各种光线，晨光、暮色、红色的火光、电解板上闪烁的银光。声音、光与线条的纠缠似乎至今还有呼吸，我想到当年就是在这里，李小雁一把把那个男人推进了池中，那个男人瞬间便化为一缕青烟，连白骨都无存。他像《聊斋》里的鬼魅一样从这车间的门或者是哪扇窗里永远地飞走了。

摄像机忠实地记录着这一切，而我自己，竟不敢朝她脸上多看一眼，就像是怕与当年的那起杀人事情对视。她站在那里像很深地陷入了某种往事当中，低着头一动不动，也不说一句话，如一块池边的石头。过了好一会儿见她还是不打算开口，我只好先开口，我决定开门见山，因为这里已经是杀人现场，没有地方可再躲避了。我为自己即将进入这部电影的核心部分而感到紧张。我说，你当初就是从这里把你们厂长推下去的吗？

她仍低头看着池底，似乎那黑暗深处正有什么人在与她默默对视。她终于开口，话像是讲给我听的，又像是讲给沉睡在池底的人听的，还像是讲给一个更虚空处的人听的，所以竟带着一种阴阳分界线上的诡异。她说，好多年了，我一直都很想念我的父亲，我一直想念着他。我父亲去世后我本来可以顶他的班进工厂，可那时候听别人的话去了南方。打工了十年我还是要回来，因为我父亲原来也在这里。你知道我是怎么才进的工厂吗，我翻出多年前我父亲死于工伤的旧历，他是被钢筋砸死的，这是我多年里碰都不愿去碰的事情，结果我又翻出来和他们说，他们这才给了我一个进厂的名额。所以我去工厂上班的时候就好像又在替我父亲上班一样，他那样的人一辈子就在这里，到死都没有离开过这工厂，我离开了可还是要回来，一想到这里我就想哭。这么多年里，每次当我想哭的时候、心里难过的时候、高兴的时候，我就去写诗，我在车间里写，在汽车上写，在宿舍里写，在半夜打着手电筒写，想写找不到纸的时候就写在手帕上，写在自己手上、胳膊上。

《父亲》

  李小雁

父亲　你为什么不吃不喝也不睡

父亲　从此以后你在土壤里吃什么又喝什么

是不是要像蚯蚓一样吃着土喝着雨水

父亲　要不要帮你带上那件满是油渍的工作服

还有你那块旧海鸥手表

可是我知道你已经不再需要时间

也不再需要衣服

父亲　你还从来没有拉过一次我的手

"过度的庄严。"我站在阴森森的车间里忽然想起了这样一句话。

她还在说，我没想到进了工厂才两年就要下岗了，以后我们这些人就没有单位了。我不信，就去找我们厂长，我说，我是厂里表现最积极的职工吧，两年来从来没有迟到早退过一次，每天都加班加点，开会也是做笔记最认真的，我哪里做错了要下岗？厂长说，不是你的问题，这次大家都得下岗了。我说，这么大的厂子，总要有人留下来的，谁下岗也不能让我下岗。

老年妇女乙（下岗女工）：那时候厂里已经有人陆陆续续开始下岗了，没有下岗的每天还坚持到厂里熬日子，然后上班上着上着，就会有领导过来通知你，某某某，今天要站好最后一班岗，从明天开始你就不用来上班了。那时候我们已经都知道了，李小雁最怕下岗，天天跑到厂长办公室里去求厂长，后来厂长也烦了，躲着不见她，她就在厂门口等他，要么就去人家家门口堵着，天天又哭又闹，别人也都要下岗，没见过她这样的。听说她后来实在没招了，一进厂长办公室，二话不说先把衣服脱光了，把我们厂长吓坏了，让她穿上她死活不穿，非要厂长答应她。她大概觉得和厂长睡一觉就不用让她下岗了。后来听说她还不止一次，反复脱过好几次衣服，脱光了就坐在厂长办公室里不走，结果厂长只好把她留下，自己走了，窗户外面围了一圈人看她。这事我们全厂上上下下都知道，不信你问别人去。

我说，因为厂长最后没答应你，你就把他从这里推下去了？

这时候黄昏已至，金色的夕阳从车间破败的门窗里斜穿进来，金碧辉煌地铺满了半个车间，最里面照不到的半个车间则在光线的对比下显得更加深邃幽暗，金色与黑暗的切割，使整个车间在那么一瞬间里散发出一种类似于古希腊神庙的肃穆。我渐渐看不清她的脸了，却只听到她的声音说，是我把他杀了。

我反倒沉默下来，只觉得哪里不对劲。

过了一会，只听她又说，可是你猜我是怎么把他杀掉的？我从不敢告诉任何人。那天他悄悄叫住我，让我下了班不要走，等人都走完了在电解车间等他，他要和我说个重要的事情。

其实那时候基本上已经没什么人上班了,基本都下岗回家了,只有几个领导和几个工人还每天来厂里,可我还是天天坚持去上班,从没有迟到过一分钟,就是没有一个人来了我照样把办公室打扫得干干净净。我以为他是要告诉我厂里终于可以留下我了,心里特别高兴,就按他说好的时间在电解车间里等着他。等了好一会儿,天都快黑了他才走进车间里。我们当时就站在这电解池边说话,我本来等着他告诉我好消息的,却没有想到,他一过来就张口骂我,像疯了一样。我从没有听他那样骂过人,他变得无比凶恶,无比恶毒,他大骂我真不要脸,像个婊子,骂我随随便便就能脱衣服,说不知道我以前在南方的时候和多少男人睡过,做过多少见不得人的事。又骂我没有文化太可怜,说我就是太笨,干什么也干不成,下岗就应该先下我这样的人才能给国家减轻负担,还痴心妄想要留在厂里。他后来甚至连我父亲都带进来一起骂,说我父亲就是一个老实巴交的工人,什么技术都没有,就会下点死力气,幸亏死得早，不然下岗的时候也是第一批。我根本没想到他竟然会这样，我当时整个胸腔里都烧着了，我真的是恨死他了，我真想扑过去和他拼命，甚至恨不得一把把他推到电解池里烧死他解气，我当时真是这么想的，我简直要气疯了。可是我没有想到的是，我整个人还没来得及扑到他面前的时候，他忽然就真的掉进了电解池里，不到一分钟时间他就从电解池里消失了。他就这样在我面前忽然死了。

听到这里，我猛地一惊，我往前一步紧紧盯着她的脸，你刚才说什么？你是说，他并不是你推下去的？

她的声音犹疑微弱，像一只在密室里四处乱撞却怎么也出不去的蝙蝠，她说，我当时就这么站着，就站在这个地方，我吓得一动不敢动，好像有一只看不见的大手一把就把他推了下去，里面是浓盐酸，我也不知道怎么才能把他救上来。可在我脑子还没有反应过来的时候，他就已经不见了，先是他的身体，然后是他的头，我就那么看着他化得一点都没有剩下。我完全被吓呆了，腿都是软了，连路也走不了，也叫不出来。我以为车间里当时只有我们两个人，却不知道当时车间里还有个落下东西又返回来拿的老工人，后来就是他出来做了证人，说他回到车间的时候正好亲眼看见是我把厂长推进池子里的，就这样我被判了刑。我怎么也想不起来我伸手推过他，我根本就没有碰到他，但他确实就在我眼皮底下掉下去了。开始我心里也没法承认我杀过人，可是厂长已经死了，还有那个出来作证的工人，他是我父亲一辈的老工人，我平时很尊敬他，他又为什么要害我呢？我实在想不出他害我的理由。后来在监狱里的时候我反反复复在想这个问题。有一天我终于想明白了，为什么在我脑子里想让他死的那一瞬间，他就真的死了。这说明，我本来就有和常人不一样的地方。我别的方面是不如别人，可是老天是公平的，总会在另一个方面让我比别人强吧。所以我就想明白了，如果我在脑子里想让一个人死，那个人也许真的就会死。

我惊呆了。

她的声音开始变得滚烫，犹如黑暗中的烟花，使我几乎不敢直视她和她的声音。只听她的声音在乱飞：我在监狱里睡不着的时候翻来覆去就想这个问题，想他到底是怎么死的，为什么突然就死在了我眼前。后来我忽然想起来一九九三或一九九四年的时候，我当时正在深圳打工，跟着别人练过一段时间的气功，那时候不是大家都在练气功嘛，都说治好了自己的好多疑难杂症。我觉得可能就是那时候的气功没有白练，当时别人向我发功的时候我真能感觉到一股热量向我扑来。我想起当时我脑子里确实有那种想让他死的强烈念头，结果他就真的死了。那不是别人，就是我杀了他。后来我心里终于承认了这个事实，是我杀了他。

说完这句话的李小雁身形更加模糊，似乎她也像那个多年前的池中人一样，正在消失，正在融化，正在变成一缕青烟。它们无所谓时间，也无所谓过去和将来。我站在那池边忽然就一阵剧烈的眩晕，几乎站立不稳，我垂首望着那幽深可怖的池底，像在井边窥视着一个埋藏了千年的巨大秘密，井底沉着蓝色的星光、焦黄的月牙，还有一双陌生的眼睛，正与我意味深长地对视着。我知道，它就是多年前那个把自己像谜一样沉入池底的男人。

我绝不会像李小雁一样认为用她自己的意念就杀死了厂长，如果当时站在池边的确实只有他们两人，李小雁也确实没有来得及动手推他，那么厂长自己掉进电解池的原因只可能有两种：一种是当时他脚下被什么绊了一下，站立不稳，失足掉了进去；另一种是他自己让自己掉进去的，也就是说，他有可能是自杀的。可是，当时在车间的第三个人，就是那个因为返回来拿东西而无意中目睹了这整个过程的工人，又为什么要站出来作证，说他亲眼看见是李小雁把厂长推下去的？让一个人坐十五年的监狱对他来说又有什么好处？可是现在，十五年都已经过去了，那个当年的证人有没有活到现在都不可知。

这时候大约夕阳已经彻底下山了，车间门窗外的颜色已经从金色变成了坚硬的铁青色，整个暗下来的空旷车间有如月球,弥漫着一种冷兵器上才会生成的朽寒与死寂,沉入黑暗中的巨大机器像远古时代的象群一样,隐忍沉默地注视着我们。在十五年的漫长光阴里,这些黑暗与寂静每晚都会如约来到,在空旷的车间里一层层地出生、死亡、再出生,直到像皮肤一样裹在这车间的每一寸空间里,达成了一种神秘而祥和的平衡。我对着李小雁那团模糊的影子说,如果根本没有杀过人而坐十五年牢,你也愿意吗?

她说,天黑了。就开始往外走,我紧跟在她后面。不知道后面是不是还有一双池底的眼睛,正在黑暗中幽幽注视着我们,只觉得脊背上一阵发凉。夜空中铺着一层璀璨的星光,我们穿过巨大的工厂往回走。在走出工厂大门的那一刻,我回头张望了一下,对她说,其实你是不是连自己都搞不清楚,你到底杀过人没有?她又默默走了一段路才说,有些事情就算你彻底搞清楚了又有什么用。

我甚至感到了愤怒,我说,其实你心里一

直就不能确定他是怎么死的，就算当时有证人出来指控你，就算你是一个被驯化得只会听话的人，你就承认是你杀了人吗？那个证人除了自己的眼睛还拿出别的证据吗？你为什么要承认？从法律上讲，没有足够的证据证明你杀了人你就可以不承认。别说没具体证据，就算是有证据，厂长被杀了，可是他连一点尸体的残骸都没有留下，他消失了。如果连尸体都找不到的话，那所谓指控杀人其实本身就很难成立。因为谁也不知道厂长到底去了哪里，没有人能说他已经死了，他有可能是失踪了，有可能是自己离家出走了而不愿告诉任何人，还有可能，三个月之后他自己忽然又回来了。

她在星光下回过头来，脸上一半是明的，一半是暗的。她看着我说，可是他人已经死了，还有什么是比死更大的事情。我当时就在他眼前站着，就只有我们两个人，如果不是我那还能是谁？总不会是他当着我的面自己把自己杀了吧，他好好的为什么要杀死自己？人死了总得有人站出来承认的，不是我就是他，可你让一个死去的人还要承担什么。而且，如果当时我死活不肯承认，我知道我就又会变成人们的话题，一定会有更多的人出来对我说三道四，又要抓我过去的把柄说事。与其让他们说三道四我倒更愿意坐牢。

你过去到底有什么事？

都已经和你说过了。

我想起了棺材街上那些对她语焉不详的暧昧描述，关于她在外十年打工生涯的模糊片段，关于她脱光衣服坐在厂长办公室里的传闻。我说，这才是你愿意去坐牢的真正原因吧。

她抬头看着星空，看了很久才说了一句，我已经无处可去，还不如去坐牢。

我也抬头看着星空，荒野的上空是巨大的猎户座，星座们跟随四季在我们头顶的这方夜空里轮番登场，恪尽职守。我们出生的时候它们在那里，我们死亡的时候它们还在那里，等我们死了一千年的时候它们依然在那里，嬉戏玩耍、自由自在，偶尔有一架飞机像蜻蜓一样经过夜空的时候，它们也只是宽容地、安静地注视着它出入于云堡、银河、黑洞、时空。

我说，你有没有想过，即使坐十五年牢又能解决什么问题？

她依然看着星星，说，在监狱里我早就想明白了，有些事情其实是靠什么都解决不了的，比如靠法律，靠信个基督教、佛教，就能解决吗？最后还不是要靠自己的心。所以后来我愿意相信厂长是我杀的，是我用我的愿望杀了他，因为愿望太强烈的时候是可以杀人的。

所以你就去坐牢？

其实坐牢也好，也就无所谓下岗不下岗，无所谓再另找活路，无所谓社会又要变成什么样子。也省得人们再议论我猜测我，坐了牢，事情就都解决了。

……你真厉害。

告诉你啊，相信了这一点之后我就再不敢在脑子里随便诅咒谁死了，万一人家真的死了，那就是我的错。

……是啊，你都不用动手就能杀了人。

在监狱里的时候，我又想明白了一点，我

既然可以在脑子里让谁谁死，不是一样也可以让谁谁生吗？反正他们都在我脑子里。

你看，那就是猎户座。

七

李小雁的弟弟传来话，母亲快不行了。

在一个县城里找到一个胡子拉碴、成天扛着摄像机的外地男人太容易了，而这个男人又和一个刚出狱的女人在一起，那么这个目标便又膨胀了一倍，实在是太显眼了。李小雁哀求我和她一起回去，显然，她不敢独自回到弟弟家中。

我骑着电动摩托带着她回了家，一进门便看到那老妇人正平躺在床上，看起来像纸人一样，只剩下薄薄一层。李小雁过去伏在老妇人身上，只叫了一声妈，便不再说一句话。老妇人睁开浑浊的眼睛看了她一眼，然后把一只手哆哆嗦嗦地伸到枕头下面，取出一卷用塑料袋包着的东西，她慢慢对李小雁摇晃着那卷东西，咬字不清地说，这是我攒下的钱，你帮我数数够不够去看我闺女的路费？不敢让我儿子看见了，他看见就都拿走了。我老早就想着要在死之前去南方看我闺女一趟，可是老也攒不够钱，怎么也攒不够。我说，钱不够坐飞机就坐火车，不够火车就坐汽车，汽车也坐不了就走着去，慢慢地走，一月两月的总能走到。你看我早把出门的包袱都收拾好了，就等着出门了。说着说着她好像困极了，说要睡会儿，便又闭上了眼睛昏睡了过去。手里还死死握着那卷用塑料袋包起来的钱。

  李小雁就那么一个姿势趴在床边抱着老妇人，不动，不说话，也没有一滴泪。她的脸上看不到痛苦，只有一种要和母亲靠得近点再近点的贪婪，还有一种近于可怖的平静。老妇人再没有睁开眼睛，到了晚上十点多钟的时候，她躺在那里静悄悄地停止了呼吸。李小雁把母亲那只握钱的手放在了自己的两只手之间，然后把脸慢慢贴了上去，却还是没有一滴泪。她一遍一遍细细地抚摸着那只手，好像要记下长在上面的每一条皱纹的位置。

她弟弟不时进来看一眼,她对他说,睡着了。到了半夜她还是对他说,嘘,别吵,她睡着了。到第二天白天,她还是用那个姿势抱着那具已经变冷变硬的尸体,还是赶走每一个走过来的人,嘘,她睡着了。她一直握着母亲的手,似乎这样她就可以不必再离开她,也就无法再失去她。她不吃、不喝、不动,最后,她终于趴在尸体上握着那只僵硬的手睡着了。她的头发落在额前遮住眼睛,像极了一个写作业写累了,蜷缩在母亲身边的小女孩。我用摄像机默默记录这一切的时候,几次都要落下泪来。直到黄昏时她才被她弟弟猛地叫醒,他到第二天黄昏时才发现她竟然一直和尸体抱在一起。

安葬完母亲的那个深夜,月光如雪,整条棺材街变成了纯银色的,像从很深的海底轰隆隆浮出来的象牙宫殿。街上已经看不到人影,给死者送行的夜纸还在墙角闪着蓝色的磷光,远处传来几声低低的狗吠。此外就是无处不在的月光,淹没了街道两边的每一扇门、每一块石板。她蹒跚走在前面，步伐机械干枯，并没有什么目的，只是好像一定要给自己找件事情来做。我只在她后面跟着，一路走着，不知漫无目地走了多远，都像是要走到世界尽头了，她还在往前走，我终于对她说，歇会吧，不要太难过了，人都是要死的，包括你和我最后都是要死的。

前面就是那片废墟般的工厂，巨大金黄的月亮正俯视着大地上的一切。她站住了，对着月亮呆呆立了片刻，忽然就对着那月亮号啕大哭起来。我暗暗松了一口气，她终于是哭出来了。她伏下身趴在地上放声恸哭，整个人痉挛成一团。我默默站在后面，也不劝她，只由她哭去。我们两人连同我们身后的那片工厂都变成黑色的剪影拓在了月亮里。她在寂静的深夜里哭了很久很久。

启明星已经在天边出现的时候，我才终于把她背回了我们租的房子，把她安顿在床上，我刚喘了口气，忽然见她又挣扎着从床上爬了起来，像临终前的人回光返照一般，眼睛明亮异常，脸上浮着一种很诡异的笑容。我吓了一跳，问她又怎么了。她扑朔迷离地笑着，看着周围的空气说，我妈她没有死，我看到她了。我愣住了，不知所措地看着她。只见她从口袋里掏出一张她母亲生前的照片，小心翼翼地放进了她每晚睡觉时都要抱在怀里的小布袋里。她说，我怎么忘了，我有这样的本事啊，我心里想着让谁死谁就真死了，我心里想着让谁活那谁就能一直活着啊。只要我心里让她活着她就能一直活着，她就死不了，我走到哪里她都能陪着我到哪里，就像我儿子一样，无论我在哪里他都一直陪着我。以后，我们一家三口就团聚了。

　　她说着，哆哆嗦嗦地从那只神秘的布袋里掏出一张小男孩的照片给我看，我拿过来仔细一看，居然是张外国小男孩的纸片，看上去好像是从什么旧画报上剪下来的，因为长期被摩挲的缘故，已经发黄发皱，可能是怕纸片破损了，又在外面仔细地罩了一层塑料，用透明胶封上。这张纸片带着一种奇怪的体温卧在我的手心里，让我想到它一定是被一个人的体温日日夜夜烘焙着，日日夜夜地吮吸着一个人的感情和血液，有了这样的哺育，才能在一张旧纸片上最终也长出了类似于人类的体温。我甚至怀疑在它的最里面是不是也已经长出了心跳和血液，甚至于怀疑它是不是在月圆之夜还能变成人形开口说话。

这就是她口中那个八岁的儿子。

她把她儿子的照片要了回去，和她母亲的照片一起装进了那只贴身的布袋。然后她不再说话，翻过身去，紧紧抱着那只布袋闭上了眼睛。这时候窗外已经是黎明了，青色的天光象征着阳光将再一次普照大地，新的一天和过去的一天将不会有任何区别，大地上的悲欢离合和天体运行一样永恒。我坐在床边从摄像机的镜头里看着这疲惫到极限的女人。她脸上已经没有了悲伤，睡得近乎安详，但怀里一直死死抱着那只布袋。我想到在监狱里的十五年里，她一定是经过了漫长的绝望和渴望之后，终于为自己发明出了这样一个儿子，然后监狱里余下的每个夜晚她都是这样度过的，把这个幻想中的儿子紧紧抱在怀里，给他留出睡的地方，温暖他、哺育他，和他说话。

现在，她又用同样的方式为自己发明了一个母亲，亦是可以随身携带的亲人，可以装在手心里或口袋里，可以寸步不离，可以同生共死。天光渐亮，我恍惚觉得对面睡着的真的不是一个人，而是女人和她年老的母亲，还有她年轻的儿子，他们三个人以一种天衣无缝的姿势，在这个世界上紧紧拥抱成了一个人。我坐在那里，忽然就无声地笑了。我觉得自己笑得温柔而慈悲，简直像一个老祖父。

我走到窗前拉开窗帘，与窗外阳光对视的一瞬间，眼泪还是流下来了。我一直想逼她说出某种过去的真实，却不知道，她的这些幻想和癫狂其实便是最大的真实。

她看起来需要一个很长的睡眠。我独自出门，扛着摄像机，向棺材街慢慢走去。已经是深秋了，白杨和银杏的叶子开始变得金黄剔透，柿子树的叶子则开始变红，在阳光下猛地看过去，就像叶脉里流动着鲜血一样。我踩着地上的枯叶嘎吱嘎吱往前走，秋风过处，落叶像大雪一样从我头顶簌簌飘落。现在，还有一件事是必须弄清楚的，那就是，当年厂长到底是怎么死的？我的直觉，这才是这件事的真正关键所在。我想找到那个多年前的证人，因为他是当时唯一的目击者，只是，十五年过去了，物是人非，不知道他是否还活着。我想去棺材街上再细细打听一番，看是否能有些收获。

这时候我听到身后似乎又出现了那种嘎吱嘎吱的神秘脚步声，我想起了几次三番都曾听到过身后跟着这样的脚步声，不由得打了个寒战，猛一回头，我身后不远处果然跟着一个人。我站住的同时他也站住了。我站在那里不由得一愣，跟在我后面的居然是那老车间主任。我打了个招呼，老主任，您怎么也在这里？

他慢慢走近了些，然后站在离我十步开外的地方，不再往前走却也并不说话，只是用一种奇怪的神情看着我。我发现他比我上次见时瘦了不少，目光却如刀剑出鞘，锋利异常。这使他整个人看上去好像浑身上下只剩下了两只眼睛，散发着一种阴冷坚硬的气息。不知怎么我心里忽然有些莫名的恐惧，嘴上却忙掩饰着，这天气真是说凉就凉啊，等我把片子收尾了就该走了，我还想着走之前再去看看您呢。

他仍然站在那十步开外，一身的刀气，有些像落魄在江湖里的老剑客，让我万万想不到的是，他忽然毫无征兆地就对我说了一句，她进监狱确实是被冤枉的。我大惊，说，您说的是谁？他说，李小雁，她进监狱是被冤枉的，她白坐了十五年牢。

我彻底愣住了，呆呆地站在那里不知道该说什么。他却又往前走了一步，厂长确实不是她杀的，厂长是自杀的。

我的头一阵眩晕，勉强让自己站定，半天才问了一句，可是，你又是怎么知道的？我只听见他冷冷地回答了一句，因为，我就是当年案发现场的那个证人。

我俩最终还是在路边坐了下来，我点了一支烟，又递给他一支。我看见自己点烟的手在不停地发抖,点了几次才勉强点着。一阵秋风过去,落叶像雪一般,落得我们满头满身都是。我张口说了声,老主任,你知道你在说什么吧,这可不是玩笑。然后继续抽烟。他说,其实这么多天里我一直都跟着你们。

我想起这么多天里总不时会听到身后传来的神秘脚步声,不觉骇然,又猛吸了一口烟。他又说,我等她出来等了十五年,这十五年里我连死都不敢死,就是为了等她。

……你当年真的看到她杀人了吗?

她没有杀人,厂长是自杀的。

老主任,你是不是以为你这样说就能出名?我知道你想出名,可是,这不是闹着玩的。

我再说一遍,厂长是自杀的。

那……你为什么要做证人?

因为这本来就是我和厂长早计划好的。

……老主任……

这些天我一直跟着你们,我看你还算个仁义的人,待她还可以,你要待她不好,我是不会放过你的。她可是坐了十五年的牢啊。

……你为什么要跟着我们?

我不放心。我和厂长本来也没有想过让她坐牢,我们当时想的是把杀人这个罪名栽赃到她头上以后她肯定会死不承认,她那么死脑筋的一个人,没想到她很痛快地就承认了,结果进去了就是十五年。都不知道她这十五年是怎么过来的?

……可你为什么要栽赃给她杀人的罪名?

我和厂长是十七岁一起进的厂,我们的工作可是那时候最好的,一起喝过酒、一起打过架,在厂里待了四十年,亲如兄弟。工厂倒闭的时候,我们都被迫离开了工厂,我们没有别的谋生技能,也没有了单位。而且你知道吗?最可怕的其实还不是能不能活下去的问题,而是属于我们的时代忽然就结束了,可是新的那个时代我们根本就挤不进去,我们忽然成了最被看不起的一群人。他是厂长,所以他比任何人都更不想离开工厂,他想告诉所有的人,不要这样抛弃工人们。更重要的是,这样会让一批人,尤其是那些年轻的工人们,过早地失去了活着的尊严。还有他们的下一代，从小看到的就是这样的父母，他们的以后又能好到哪里？这一点尊严就是人的精气神啊！所以他死前那段时间和我说的最多的就是，怎么能把这些话让更多的人听到？那就必须有一件轰动性的事件能引起所有人的注意，最好能上了报纸上了电视，让人们都看到都听到。

——所以，他就想到了靠自杀引起人们的关注？

光自杀是不够的，一个人死了根本不稀奇，别人该怎么过还怎么过。所以必须制造出一个事件来引起人们的注意。大活人说句话谁会听你的？像放屁一样。一个人只有死了，而且还得死得蹊跷，才可能引起人们的注意。没办法，自古世道就这样。那时候厂长就反复和我说，我们都已经是五十多岁的人了，六十岁就够一辈子了，六十岁往后一天那都是白赚的。既然也要活够一辈子了，那舍出这一条命去又怕什么？怎么死不是死？要么病死了，要么老死了，要么被车撞死了，要么哪天掉进水里淹死了，横竖是要死的。一件终归要丢掉的东西早丢几年又怕什么？所以他就想到了让死人来说话或许还有用。厂长是早死了，你别看我多活了十五年，这十五年都是白赚的。

我坐在大雪一样的落叶中深深吸了一口气，又哆哆嗦嗦地点上了一支烟。问他，还抽吗？

再来一根。

半支烟下去，我才又问了一句，你明知道李小雁并没有杀人，又为什么要做这个伪证？就是为了出名吗？

八

他坐在那里看起来愈发苍老，如同一株长在深秋里的枯树。他弹弹手中的烟灰，看看天空说，让她坐了牢其实还不如让我去坐牢，我心里那个不好受啊！所以到现在我都不敢站在她面前和她说一句话，我心里亏得慌。从她出来的那天起，我就一直跟在你们后面，我远远就能看到她那半头白头发。进去的时候才三十来岁，我记得她那时梳着一条长辫子，有时候还喜欢在辫子上绑点花儿草儿，出来的时候已经像个小老太太了。可我当初不么做，又能怎么做？厂长把自己的命都搭进去了，我敢让他就白白死了吗？你倒是试试你能死几次？

……

我怎么都忘不了厂长临死前的那个眼神，当时他站在电解池边和李小雁说话，我就按计划躲在车间里不远的暗处，他知道我正在那里看着他，所以他临跳进池子之前还向我那边看了一眼，就一眼哪，但我知道他在说什么，那是千言万语啊，那是他在和我道别，是在托付给我遗言。我躲在那里差点哭出来。他又不是活不了，却为什么非要让自己死？他是宁愿和工厂一起没了，都不愿离开工厂后到处去摇尾找食。所以他做不完的事情只有我接着去做，才对得起他这一死。

……他为什么要选择在盐酸池里？

因为这样他就会很快被盐酸腐蚀掉，连救

都救不上来。他连救都不想被人救上来，他就是决心了要死的。

你没想到李小雁会那么痛快就承认了？

是的，我真的没有想到。在我们本来的计划中，我作证揭发之后李小雁一定死不承认，一定会反抗，而我就咬定说我亲眼看到了她杀人。这时候厂长已死，死无对证，只要我们各咬一头，那这件事就会变得沸沸扬扬起来，会被人们议论纷纷，然后就会引来媒体报道，媒体一报道就会有更多的人知道，说不定还能上了电视。可是万万没想到她很痛快就承认了，承认是她杀了厂长，就这样她坐了十五年的牢。可我当初真的真的根本没想到让她去坐牢。

你知道她为什么要承认吗？其实她仅仅是害怕人们说她的闲话，怕人们又翻出她在广东打工时的那些陈年旧事。就像她当年为了不让人们知道她的学历就连履历表都不肯填。

所以我才恨她，这十五年熬下来我真是恨透了她，她怎么能这么轻易就承认是自己杀了人，杀个人就这么容易吗？她以为是割韭菜，还是过家家。她居然连反抗都不反抗一下就去乖乖坐牢了,一坐十五年,你说她怎么能这样?这十五年里每次一想到她还在牢里,不知道她每天吃什么、穿什么,我就会整宿整宿地睡不着觉,我会半夜里爬起来在黑漆漆的屋里转圈,想象这就是一间牢房,我从这头走到那头,再走回来,就这么来来回回地走一夜。我不应该还活在这世上的,对吧?其实要是她出来了想要我的命,我倒高兴了。

你是故意让我找到她的吧?

这世上本来只有我一个人知道这个秘密,现在你也知道了。我看你不愿把我拍进电影,觉得把我拍进去没意思,所以我就想让你把她拍进电影。不管是拍她还是拍我,都一样的,就是想让你把这件事的真相拍成电影,等到电影放映的那天,所有的人就都看到了。人们就会知道厂长当年是为什么死的,也会知道她李小雁是被冤枉入狱的。都不是坏人,没有坏人。

如果根本也没什么人会去看我的电影呢?

怎么可能呢?那是电影啊。我年轻的时候

只要听说哪里放露天电影,就是连夜赶二十里山路都要赶过去看场电影。在电影院看不比看露天的舒服?怎么会没有人看?

现在她已经出来了,你打算怎么做?

现在你也知道了,那我们赶紧帮她翻案,让她知道自己是冤枉的,白坐了十五年牢。她肯定咽不下这口气,她最好能往上告,让天下人都知道这是一个大冤案,再判她个清白,那我也算对得起她和厂长了。然后我就是死了也不亏了。

让她告你当初做伪证陷害她?

我在其中扮演了一个好人还是一个坏人又有什么区别?好人怎样,坏人又怎样,都一样的。你还记得我曾对你说过的话不?我说只要你能让我上了电视电影让我出了名,你让我做什么我都愿意。因为只有我出名了,我说什么才会有人听。

你把你们三个人都当成了道具在用。

人在世上谁不可怜?

可是……你们当初为什么一定要选中她?

她这样一个人……喜欢写点诗……你们就不觉得……

厂长死之前我们就已经想了很长时间了，她是最合适的人选。厂长对我说，从李小雁在他面前脱下衣服的那一瞬间里，他就明白了，这是她最后仅有的一点东西了。她在三十岁的时候就已经只剩下了余生。所以他说，就是她了，这个帮助我们完成计划的人也只能是她了。

《工厂》

  李小雁

我总是会在下着春雨的夜晚

迷路在

去往工厂的那条小路上

好像我从不曾走过这条路

也不知道路的尽头通往哪里

我第一次看见路边的

那朵蒲公英

在雨中给自己撑起了一把白色的伞

落叶越来越多，越来越厚，前面一排平房的屋顶上已经铺了一层厚厚的落叶，在阳光里看上去如金色的庙顶一般闪闪发光，有一只黑猫正从屋顶上无声地经过，又顺着一棵槐树跳了下来。落叶正从四面八方涌来，整座小县城像沉浸在了一场奇异而蛮荒的大雪之中，四季沉睡，时间倒流，一只孤鸿掠过田野，大地上所有的回忆和往事都将被这些金色的落叶彻底淹没。

我坐在那里大口抽着烟，脑子里飞快地盘桓着。显然这才是事情最核心的那个部位，但我还是不能不心酸。显然，老主任还不知道，他等待了十五年的那场轰动已经不可能了，他完全不知道，现在是二〇一五年，任何信息都是转瞬即逝的，只要过一夜便消失得无影无踪。没有人会去关注一个十五年前的老下岗工人和一个刚出狱的中年女人之间已经过时的故事。他白等了十五年。他这十五年和李小雁在狱中的十五年本质上是没有区别的，一脚踩下去，中间都是空的。他们其实都还站在十五年前的码头上遥遥望着对岸。这个真相公布之后，唯一能震撼到的估计只有李小雁一个人。可是如果让她知道了当年厂长并不是她杀死的,她只能得到一个空洞的清白,已经没有人在乎她是不是真的杀过人。与此同时,她的那两个亲人就没有存在的依据了,他们将会随之消失。

我终于站起来扛上我的摄像机,我对他说,我不会告诉她的,你也不能把这真相告诉她。

他绝望地看着我,为什么?她本来就没有杀过人。她自己也知道自己根本没有杀过人。她是被冤枉的。她白白坐了十五年牢。为什么不让她知道?

在监狱里一开始的时候她也相信自己没有杀过人,她第一年信,第二年也信,但是等到第十五年的时候,她已经深深地相信,厂长就是她杀的。

可我当时在旁边看得清清楚楚,她连厂长的衣服都没碰到,厂长已经向后一仰,掉进了电解池里。难道她真的以为厂长是被她推下去的吗?

她后来真的相信是她杀死了厂长,她是在自己的脑子里把他杀死的。

傻瓜都知道那是她在骗自己。

她现在每天有两个形影不离的亲人,一个儿子,一个母亲。但事实上,她从来没有过孩子,她母亲也已经离世了。

他整个人几乎都扑到了我的脸上,他声音开始嘶哑,我等了十五年就为了告诉她一个真相,如果我不告诉她真相,我既对不起厂长,也对不起她。那我就根本不是个人了!

我往后退了一步,让我的摄像机能看到他的脸,我感到我的手明显在发抖,但是我嘴里说,老主任,现在已经不是十五年前了。你信我吧,十五年过去了,没有人会在乎的。

他站在那里没有再动,状如枯木,他喃喃地说,不管过去多少年,有人把自己的命都舍进去了。

我只好又说,老主任,十五年里一切都变了,都回不去了。

他干枯的眼角流出两行泪来,他流着泪看着我说,不能让一个人到死都以为自己是杀人犯,那死了连自己的祖宗都见不了。我必须得告诉她。

我把目光收回,声音也开始沙哑,老主任,你还是放过她吧。

然后我便丢下他,扛着摄像机,踩着枯叶,嘎吱嘎吱又向我们租的房子走去。进去一看,李小雁还没有醒来,想来是因为前几日安葬母亲已经心力交瘁到极致了。她蜷缩着身体睡在半张床上,另外半张仍然空着。就是在很深的睡梦中,她都会记得要把半张床留给自己的儿子,他正睡在她的身边,她不能把他压着了。现在,这半张床上也许还睡着她的母亲,显然,她得给他们腾出更多的地方来才能保证他们睡得安稳。

我没有叫醒她,此前我还没有拍到过这么疲惫、这么安静的她。现在,在一个悠扬的长镜头里,一个半头白发的女人小心翼翼地睡在半张床上,另外半张空荡荡的床上可能正躺着一老一少两个看不见的人。我盯着这个镜头看了很久,看久了竟恍惚真的看到了那两个隐身人的身形和眉眼,他们和女人紧紧抱在一起,正在熟睡中。这种幻觉让我一阵骇然，我忽然发现，幻象本身也许真的是另一种真实。只要给它填充入足够的感情和思念，它就确实可能获得另一重维度里的生命。

屋子里的光线正在镜头里一点一点变化着。爬在白床单上的那丛金色的阳光渐渐黯淡下去了，逐渐变成了绯红、橘色、灰橙、暖青、灰青、苍青、银灰、深灰、藏青、宝蓝、鸦青、玄青、乌青、油黑、漆黑。这些转瞬即逝的光线在这个寻常的黄昏里变得像一曲斑斓壮阔的交响乐。在音符庄严停下的地方，巨大肃穆的黑夜将会再次如期降临。

我来到窗前推开了窗户。今晚没有月亮，却是满天星斗。巨大的猎户座正高悬在我的头顶，从我记事起，这巨大的猎户座便会在每年的深秋出现，伴我度过了一个又一个漫长的冬天，以至于每年冬天看到它的时候竟有了见到亲人般的感觉。我忽然想起李小雁曾说过的一句话，我最想写的那些话却怎么都写不出来。我站在窗前点上一支烟，我想把太多的话寄托给这部电影，可是，我最想说的话又能说出多少。其实我和她之间究竟又有多少区别？

这时候我忽然听到床上有一个异常平静的声音在问我，天怎么黑了？一回头，是李小雁正坐在床上看着我。我说，你睡了一个白天，现在天黑了，晚上刚刚开始。然后便开了灯，她在灯光里呆呆地坐了一会儿，忽然像想起了什么，连忙把身体往边上挪了挪，好像怕压住了还躺在那里的人。我便再次想到，这被子下面还藏着一个小男孩和一个老母亲。

我带着她来到一家小面馆吃晚饭，昏暗的灯光下摆上了两碗热气腾腾的面条，我们对坐着却都半天没动筷子，我忽然便有一种相对如梦寐的沧桑感。我说，快趁热吃吧。她还是不动，我便自顾自拿起筷子，又斟酌着字句说，等电影拍完，接下来我还得做剪辑，可能最后要剪成三个小时，然后我可能要去电影节上碰碰运气。你呢，你也要为自己做些打算了，就是说，你还得找点事情去做。就是不为糊口，人也总要找些事情做的对不？我可以帮助你，但我不知道你最擅长做什么……其实也有很多事情可以做，怎么都饿不死人的。我已经替你想过了，你可以摆个小摊卖菜卖水果卖包子，还可以卖花生瓜子什么的小零食，这也不要多少本钱的。或者，你还可以租间门面店做裁缝，因为我记得你说过你们在监狱里每天都要在车间里做衣服。

我小心地看着她的脸色，只见她低着头半天不语，脸上并没有太多的表情。过了好久才终于说出一句，那就还是做裁缝吧，习惯了。

我说，那太好了。然后便赶紧埋下头吃面，竟不敢再抬头看她一眼。又过了半天忽然听见她用很紧张的声音小心试探着我，你，是不是要走了？我抬起头才发现，她坐在我对面，不知什么时候已经满脸都是泪水。那碗面还一筷子没动。

我故作轻松地说，电影快拍完了，干我们这行的就是得成天东奔西跑的，在这里拍完了就得再换一个地方。不像你，以后就可以在自己家乡安定下来了。我也是光人一条，没老婆没孩子，倒是去哪里都没什么牵挂。

忽然，她的眼睛深处又浮出了那种诡异空洞的目光，她不再看我，而是看着周围的空气，好像空气里正有人和她对视着，她看着那团空气说，你走吧，我不怕的，我什么都不怕，我白天出去干活，晚上有我儿子陪着我，他就和我睡在一起，他长着一头金色的卷发，像只小狗一样毛茸茸的，他还长着蓝眼睛。我临睡觉的时候就给他讲故事，他睡着了我就把他抱在怀里。现在还有我妈也陪着我呢，能和两个亲人在一起也足够了，我就什么都不怕了。在这世上只要能和亲人在一起我就什么都不怕了。

她的目光慌乱而热切地在空气中游弋着，似乎随便抓住一点什么都可以。我的眼泪也要下来了，却对她说，你不要怕，大家活到最后都是一样的。她机械地重复了一遍，是的，大家活到最后都是一样的。我又试图宽慰她，每个人最后都是要死的，就是死法不一样，比如多年前那死去的老厂长，他也许……

她忽然大声地暴烈地打断了我，不要说这

个事了,我早就认输了,我真的早就早就认输了还不行吗?求求你们放过我吧!

《婚礼》

　　　李小雁

第一场大雪下起来的时候

你说我们结婚吧

我说　好

白纱裹不住我的衰老

如果我不肯流泪

就请你离开

九

我帮助李小雁买了一台缝纫机,然后,就选择在县城十字街口的百货商店的房檐下开张了,这样可以把房租省下。这屋檐下已经摆了好几家小摊贩,跻身其中倒也不显眼。第一天开张的时候李小雁很紧张,像个小学生一样端坐在缝纫机后面一动不动,她不敢看来来往往的行人,只是不时地偷看一眼坐在旁边的我。

以至于后来有了第一笔生意的时候，我看到她缝衣服的手都在发抖。第一天只有两笔生意，一个修裤脚一个修领口，五块钱是她这天的全部收入。一直到天黑时分我们才开始收摊，收摊的时候我忽然看到马路对面的暮色里坐着一个人，正看着我们。是老车间主任。暮色里的世界重峦叠嶂且万分静谧，我和他隔着一条马路遥遥相望着，如同站在一条大河的两岸，光线渐渐沉入河底，铁画银钩，枯如白骨。我拿起摄像机对准了他，河对岸的人影却忽然消失了，看上去一片模糊，状如水渍。

第二天，第三天，连着几天我都会在黄昏时分，在行人渐渐褪去之后，看到从对面浮出来的老车间主任。即使看不到他的身形，我也能感觉到他的气息像鹰隼一般正阴森地盘旋在我们头顶。我一边把李小雁做裁缝的点点滴滴拍下来，一边时刻留意着老主任的身影，我这时候才发现，他也是这部电影里的一个重要角色。只是他自己不知道罢了。

我渐渐和和周围的小贩们都熟悉起来，我

和他们聊天打趣，中午学他们就近买碗几块钱的面条吃下去，我看起来和他们没有了任何区别。熟悉的结果就是，他们同意偶尔在我的镜头里露个脸。只是，我坐在小贩们中间，偶尔还会恍惚看到那个在大学的课堂上给学生们讲塔尔可夫斯基的男人。我几乎忘记了他的样子，只有无尽的气味和画面留了下来，如同破晓时分清新的空气，无风时候飘落的白雪，水流和长满鲜花的草地，金银和青金石的饰物。

我知道那个男人就是我自己。

李小雁会在每个早晨醒来的第一瞬间先走进我的房间，紧张地朝我床上看一眼，她在看我还在不在，她怕我会半夜悄无声息地走掉。在一个早晨起床之后，我收拾了一下我的行李，她忽然就转过身来，泪流满面地看着我，你是不是今天就要走了？你是不是真的该走了？她的目光里有一种小女儿在父亲面前才会有的痴缠的悲伤，还有一种即将被遗弃的动物在主人面前的无限敏感。我想到此时那一老一少的两个隐形人也正吸附在她身上，乞求地看着我。

他们三个人组成了一个庞大而虚弱的巨人，温驯而求死地抬着头，等候着我的怜悯与发落。

我说，不走，今天还不走。

今天还不走。听起来就像一种最深的恐吓。

我们依旧按时出门摆摊，要一直走到县城中心最热闹的那个十字街头。这里是各色小贩各种小店云集的地方，就是在这里，我见过一个卖葱的老大爷拿着一张一百元的假钞坐在路边哀哀地哭，他收了张一百元的假钞，然后找了人家九十九块的零钱。我还见过一个开饭店的小老板站在桌子上，挥舞着一只手大声训斥一群不敢说话的服务员。我还见过带着小孙子每天在小超市里盘旋一圈，然后掩护孙子往嘴里塞一块话梅的老人。他们足够真实，正是我想要的真实，却渐渐让我觉得畏惧。我忽然明白了连日来我坐在小贩们中间时那种奇怪而迷茫的快乐，因为它暂时帮我掩饰住了这种畏惧。也就是在这个时候，我发现自己终于看明白了李小雁的那些诗歌。

这个早晨，当我和李小雁刚走到十字街口

的时候，天空里忽然纷纷扬扬地下起雪来，再一看，不是雪，是不知道从哪里撒下来的雪白的传单。我接住一片，看到白纸上面是油印的黑字，"十五年前的惊天冤案。十五年前五金厂在倒闭前夕发生了一起杀人案，厂长华建明被职工李小雁推到电解池里尸骨无存。李小雁因此被判刑二十年，后被减刑到十五年。而事情的真相是厂长华建明当年死于自杀，李小雁被冤入狱，白白坐牢十五年。当时的目击证人伍学斌在华建明死前两人就已经串通好，在华建明死后做伪证陷害李小雁坐牢。十五年过去，该是还无辜的人一个清白的时候了。"

满地、满秋天都是这样的白纸、这样的黑字，像一场无边无际的大雪，又像满月之夜狼人即将出没的月光，月光里的那些枯瘦文字如累累尸骨排列着，似乎可以随意地组合起来，"自杀……尸骨无存……杀人案……死后……十五年……死前……清白……入狱……"那张白纸从我手里被一阵风吹走了，我却发现那些油印的黑字已经被断断续续地印在了我的手心里，我一个字一个字辨认着，"杀人……真相……证人……李小雁……"我试着擦拭,却怎么也擦不掉,那些黑色的字像是已经被篆刻在了我的手心里,如同山林深处长满青苔的古老石碑,锈迹斑斑,沧海桑田。

来来往往的行人在秋风中接住或者从地上捡起这些白纸黑字,有的一边看一边和旁人窃窃私语,有的一边看一边四下寻找扔传单的人,还有更多的人只是匆匆看一眼,只一眼,就扔下传单踩着走过去了,像是什么都没有看到。地上的传单越来越多,越来越多,像盛大的月光一样,轰然开放了满地、满世界,仿佛这是一个极其隆重的节日,才配得上这么多这么壮观的月光。行人们已经不再好奇,纷纷踩着这些传单走过去了,照常去上班去买菜去摆摊,整个世界安静异常,甚至没有一点多余的声音。我心里忽然就一阵剧烈的抽搐,又是兴奋又是疼痛,我知道这就是最好的镜头,我愿意不惜一切地捉住这些镜头。我连忙打开摄像机,就在这时候,李小雁站在那里也伸手接住了一张纸片，我不顾一切地向她冲过去夺下了这张纸，而与此同时，她的另一只手已经接住了另一张纸片，我绝望地站在那里，试图再把这张纸也夺下。但她已经读了第一行字，"十五年前的惊天冤案"。就在我徒劳地想把这张纸也夺下之前，却见她微微一愣，然后，只是瞬间的工夫，她已经松开手，让这白纸黑字随风而去了。

她没有再往下读任何一个字。

突如其来的释然，让我感到了一种从没有过的巨大疲惫和欣慰，我眼睛忽然湿润。当我挣扎着抬起头再看她时，却看到她正站在一堆雪一样的纸片中，扑朔迷离地对我微笑着。

就在这时，我们忽然听到附近什么地方传来一阵可怕的嘶哑哭声。是一个老人绝望的哭声。

我最终下定了决心，带她离开这个小县城。然后我开始忙着退房子，忙着收拾行李，做离开前的准备。那天下午等我收拾好才发现，李小雁早已经静静地站在我的身后等待着出发。

西方的群山之上烧起一把玫瑰色晚霞的时

候，我和李小雁搭上了离开这个县城的最后一班汽车。就在汽车即将驶出县城边界的时候，忽然汽车猛地一个急刹车，全车人跟着东倒西歪成一片，只听司机骂骂咧咧地下了车，原来是有人借着暮色把自己像子弹一样撞向了开过来的汽车。我心里一怔，不让李小雁下车，自己却拿着摄像机下车围观了过去，已经有一圈乘客下车在那里观看了。我钻进人群，却仍然不忍心看地上的那个人，我闭着眼睛默默站立了两分钟之后，才睁开眼睛看去。借着天边的最后一丝光线我看到，躺在血泊里的人果然是老车间主任。他的脖子已经撞折，脑袋以一个不可思议的角度耷拉在胸前。血流了很远。

现在，除了我，世界上已经没有第二个人再知道这个秘密。终于是到结尾的时候了。我打开摄像机，把一动不动的老主任拍进了镜头。旁边有人问我，你拍什么？你是哪里来的？我头也不抬地说，我是电视台的。旁边立刻有人惊诧地议论，电视台的来了，已经有电视台的人来了，都拍下来了。

在一片混乱嘈杂的声音里，我忽然看到老主任的手里还握着什么，我凑过去仔细一看，是一个牛皮纸信封，信封上写着一行钢笔字，李小雁收。我默默地从他手里接过那个信封，装进了自己的口袋里。

　　只听司机还在大声打电话，接着又听到了警车的刺耳声音。我只是静静地肃穆地站在那里看着地上死去的老人。警车来了，另一辆空车也开过来了，司机指挥着乘客们换车，他要我留下来配合他一起处理这起交通事故，因为我是电视台的人。李小雁也下车了，她朝那躺在地上的尸体看了一眼，但她只飞快地看了一眼便收回了目光。

　　我走到了她面前，她问了我一句，死的是一个什么人？我想了想，说，是一个不认识的老人不小心被车撞到了。然后，我从随身带的包里取出笔和纸，飞快地在上面写下了我的名字、电话和地址。我把写好的纸递给她的时候，她愣住了，怔怔地看着我。这时候群山上玫瑰色的晚霞已经燃烧殆尽，黑夜正从大地的每个毛孔里生长出来。我已经看不清她的表情了,我知道她也无法看清我的。但我还是使劲地对她笑着,我说,我们就在这里道个别吧,你跟着车回去吧,你已经不用离开这里了,这毕竟是你的家乡。回去以后还是做你的裁缝,有什么事就给我打电话,写信也可以。快回吧。

那辆换下的车要返回县城了,我目送着她慢慢上了那辆已经在拼命摁喇叭的汽车。汽车缓缓开动了,我看到空荡荡的车厢里她一个人一动不动地坐在车窗后面。她上车前没有和我说一句话。

我回到京城的第一件事便是先得找到一份工作。几经辗转,才在老同学的介绍下去了一家影视公司做美术指导。工作了几个月之后我才把借前女友的钱如数奉还到她的账户里。她什么都没有说。我倒还算喜欢这份工作,场景布置,视觉效果,甚至连室内的陈设都是由我来设计的,这些都是虚拟出来的,甚至,连拍摄时用的阳光都是由我用灯光做出来的。做这种工作的时候,我会时刻感觉到电影的虚幻性,就像李小雁的诗一样，它们都不真实，但是这种虚幻让我心安，让我不再失眠。

那部已经拍完的电影，自从我把它封存在一只硬盘里之后，就再没有打开过。深夜里我有时候会把那只硬盘拿出来细细摩挲半天，最终却还是会把它放回抽屉深处，再悄无声息地把抽屉关上。

李小雁从没有给我打过电话，大约过了一年多的时候，我忽然收到了一封她寄来的信，是从那个北方小县城里寄来的。信中说她一切都好，她每日去摆摊做裁缝，一天下来总能收入十几块钱，最多的时候一天能收入三十多块钱。她说她收养了一个三岁的小男孩，已经会说很多话了。春天的时候她带着他去看那些刚发芽的鹅黄的柳眉儿，带着他去大杏树下面看那一树雪一样的杏花。夏天的时候，她带着他去采指甲花，把指甲花捣碎，配上明矾，再用苍耳叶把指头包起来，给他染了十个红指甲。在雨后的黄昏，她带着他在去往工厂的那条小路上采鸡腿菇和蒲公英。秋天的时候，她带着他去杨树林里,用针和线把那些金黄的杨树叶串成一大串戴在脖子里,她还带着他去地里认识南瓜和玉米,柿子和葡萄。冬天的时候,她会守着炉火给他讲很多故事,一只花猫正趴在她脚边打呼噜,他听着听着就睡着了,脸蛋红扑扑的。她说这时她才发现,窗外不知什么时候已经下起了大雪,天地间白茫茫一片。第二天她会带着他在雪地里放爆竹,红色的鞭炮屑撒落在雪地上,她帮他堆起了一个大大的雪人,雪人的鼻子是一根长长的胡萝卜。

  这封信我翻来覆去看了很久,然后我连着抽了几支烟。第三支烟抽完的时候我开始收拾行李。我要去看她。我明白,她又在写诗。我拎着简单的行李来到火车站,买好票,在候车室等了半个小时之后开始检票了。我检好票,下了月台,列车已经长长地等在那里了,但就在临上车的那一个瞬间,我还是犹豫了。最后,我看着那辆列车从我身边呼啸而过。我回去便给她回了一封信,我在信中说,我也过得很好,已经和女友结婚了,现在工作和生活都很安稳。我说，上次在你们工厂拍的那部电影后来真的在电影节上获了个大奖，还有笔可观的奖金。我说很多人都会看到这部电影的，都会看到你和你的工厂。

她没有再来信。直到三个月之后的一个深夜，我忽然收到一条短信，短信里告诉我，李小雁昨晚病故了，她已经生病有一年了，她临死前一再嘱咐过的，要记得告诉我一声她不在了。发信人是她弟弟。

我在深夜里慢慢打开抽屉，终于取出那只一直被我封存着的硬盘。然后我几乎几天几夜没有合眼地把这部电影剪辑了出来，九个小时的电影最后只剪剩下了六十分钟。

电影里都是一些零碎的镜头，每一个镜头都是关于李小雁的。她躲在给母亲洗好的床单里哭泣；她用那块粉色的毛巾一次次抚摸着自己的脸；她把红色的纱巾蒙在眼睛上，站在窗前看夕阳；她坐在长满荒草的工厂的台阶上；她慢慢走进神秘黢黑的电解车间；她抬头看着午后的阳光；她采了小路边的一朵波斯菊；她惊恐不安地坐在我对面；她穿着那件红衣站在月光下；她抱着她想象中的儿子正在熟睡；她拉着她死去母亲的手，怎么也不肯放开；她一边喝酒一边泪流满面地对我说，你不相信我吗，你还是不相信我吗？她捧着她那写满诗歌的本子，对我说，我最想写的那些话却怎么都写不出来。

这是一部关于她一个人的电影。

那一晚，我在自己的房间里，用投影仪把这部电影看了一遍又一遍。看着看着我忽然看到了一个从没有见过的镜头，回头想想，可能是那个时候我正站在窗前看星星。镜头里的李小雁正疲惫地躺在床上熟睡，她身边的光线正在渐渐转暗，看起来天马上就要黑了。就在那天色完全要黑下来之前，她躺在那里忽然睁开了眼睛，却没有动，她和她面前的摄像机静静对视了片刻之后，忽然就对着它神秘地笑了。

很快，那笑容就像一滴水一样融化在了镜头里无边的黑暗中。

游园

一

那年,我刚到南京,居无定所,朋友寥寥,画的画却仍是一张都卖不出去。没有稳定收入,为着生计,又接连换了几份工作,均不遂意,时间一长,只觉身心俱疲,万事怠遁。明明囊中羞涩,却又无端生出了游山玩水的兴致,大约是出于一种心理上的自我保护，唯恐自己进一步坍塌损毁。正值深秋，满城都是清幽雅致的桂花香，这花香静极了，像一大片澄净的湖水，连一丝涟漪都没有。整座南京城被这花香托着，载浮载沉，恹恹欲睡。我一个人到中山陵、夫子庙、明孝陵穷游，在明孝陵阴森潮湿的树荫下一坐就是半日，又或是带着酒在月夜独自前往四方城，坐在白骨森森的月光下，神道上铺满金黄柔软的银杏叶，我喝着酒，看到那些神兽和翁仲的身上都闪着银光，静谧庄严，全无半点可怖。

如此游荡了一段时日之后，生活愈加窘迫，正思忖该何去何从。一日忽听友人说，江宁牛首山脚下新建了一座园林，名为隐园，聚集了不少文人画家，终日在那里白吃白住，类似于古代的门客，倒也风雅得很。我大惊，如今竟还有这等事。江南之地，风流儒雅，自古就盛产园林，据我所知，从六朝到明清，这一带曾有过篱门园、沈约园、橘园、昌园、西园、蜗庐、沧浪亭、渔隐、腥庵、梦溪园、耕渔轩、梧桐园、瞻园、畅园、留园、真适园、个园、芥子园、春水园、仓园、继园。只江宁这一地就曾有过袁枚的随园和王安石的半山园，而随园又曾是曹雪芹祖上的园林。这些大大小小的园林多数已飞灰湮灭，片瓦不留，但它们曾为士大夫们的独立人格找到了一方栖身之所，所以保存下来的园林看着都像珍贵的标本，万不是用来住的。何况现如今，只要能开发的地段全部都建起了高楼，寸土寸金，到处立着售楼的广告牌，居然有人愿意掷重金建一座不合时宜的园林？

那日，我换乘两趟公交来到江宁，决心去看看这座牛首山下的隐园到底是何面目。园门并不起眼，窄窄一道古朴的门，上面用篆书刻着隐园二字。进门是一条幽寂的小径，长满青苔，有修竹夹左右，微风过处，竹林里飒飒作响，似乎还有隐隐的钟声传来，满目的翠绿，连那条石子小径也被染绿了。小径尽头是另一道门，门上有四个字"东篱遗构"。进得这道门，忽看见门口立着一棵榔榆，一树金黄的叶子,像火把一样耀眼,站在树下,落叶纷纷扬扬地落下来,竟如下雪一般。椰榆旁边是一座三开间的堂屋,名为"清风堂",门口立有一块险峻的太湖石,左右各有一道门,上面分别写着"绣春""凝翠"。

从那道凝翠门出去,眼前豁然开朗,只见一大泓碧绿色的湖水跳出来,湖水周围环绕着亭台楼阁,湖中残荷林立,意境萧索,一座玉带桥似卧虹跨过水面。一只石舫静静泊在水边,我站在石舫里看着这湖水,只见碧波之中隐隐游荡着血红色的锦鲤。我摘了一朵莲蓬,刚扔到湖中,便见几尾血红色的大鱼游过来,张嘴啜食着那朵莲蓬,后面跟着一串红色的小鱼,竟似一道艳丽的霞光铺在水底。我觉得那几尾大鱼看起来似乎太大了些,也太绚烂了些,竟带着一种妖气。

顺着曲折幽深的回廊往前走,便是一座筑水而居的荷香榭,半坐在榭中,这里是赏荷的最佳视角,伸手便可摘到莲蓬,翘起的飞檐似水禽栖息在上面。旁边是一丛假山,上面刻有

"春山"二字，假山旁种着一片翠竹，竹林里有不少石笋，看起来翠竹披拂，春笋破土，难怪叫春山。沿着回廊继续往前走，见竹林旁有一处幽静的亭子叫忘筌亭，亭子里有木桌木椅，周围全是翠竹的风摇影动，是喝茶的好去处。再往前是临风阁，接着又出现了一座造型优雅的水榭，名叫"菰雨生凉"，贴水而筑，三面临风，榭中摆着一张湘妃榻。有意思的是，榻后竟摆着一面大镜子，湖水全映在镜中。炎夏的晚上躺在这榻上赏景，脚下、镜中皆是湖光月影，人如在湖中，倒真是个消暑的好去处，心中便觉得这园子的主人不知是干什么的，真是有趣。

眼前是一道月宫门，门内一面极素净的白墙，墙根下植有两棵芭蕉，一株桂树，如一幅娴静的小品。穿门而入是一排厅堂，堂前又是一簇假山，假山上刻有二字，"夏山"，夏山苍翠欲滴，由太湖石堆叠而成，太湖石形状洒脱奇异，如夏日的行云流水。又过一道门，桂香扑鼻，只见空地上种着一片桂树，而树下只有一座小小的凉亭,名为"赏月亭",在中秋闻着桂香赏月确实风雅。再往前走,又见"秋山",是一座用黄石叠成的假山,西迎夕照,配以红色的枫叶和五角槭,枫叶萧萧而下,只见残红满地,翠消香减。

再往前走是一道短墙,墙外遥闻溪声叮咚,墙边立着一株二乔玉兰。墙上有门,穿门而过,只见一座觅书楼,楼前又见假山,正是"冬山"。只见雪石倚墙堆叠,如白雪皑皑未消,石上开有音洞,有风经过,石洞便发出低沉苍凉的啸声,如北风呼啸。假山旁边植有腊梅,尽得岁寒冷趣。

在园中行走半日仍不见边际,曲廊回合迤逦,每一扇门的后面还有门,从每一扇窗望出去,都是一幅画。我感觉自己像穿行在一场梦境中,梦中人迹寥寥,亭台楼阁也像是镜中的幻影。终于在湖边的凉亭里看到两个女人,她们正坐在那里静静看着湖水,一个年轻些,一个年老些,年老的那个嘴里正叼着烟。我过去询问园子的主人在什么地方,方才知道,原来这园子的后面还有一个园子,是专门用来住人的。那年轻的女人站起来,说她带我去找九哥。我有些好奇,为何要叫九哥。她说,园子的主人在家中排行老九,小名就叫九儿,我们都称他为九哥。

我们经过曲折蜿蜒的游廊,又过了一座叫"濯缨"的石拱桥,桥下的荷叶有的残了,有的依然亭亭如盖。走在前面的女人神情高傲,长发及腰,穿一条青色长裙,鬓角戴了一朵紫色的莲花,走路的时候把两只手端在胸前,像个电视里的主持人。每走几步,她便停下,十分端庄十分熟练地向我介绍园子里的一个个景点。"这处景致叫焦雪坡,巴山夜雨自然有意境,但雪中芭蕉其实更有味道。""这里叫耕渔轩,晚耕岩下看云起,夕偃林间到日晡。""秋霞圃取自诗句'落霞与孤鹜齐飞,秋水共长天一色'。但原句之意境过于邈远壮美,在这里却显得沉静柔美。"我心中暗暗惊叹,看来这园子里也是卧虎藏龙啊。

我应和道,这园子真是美,只是,怎么一

个人也看不到？她淡淡说，等太阳落山了自然就出来了。这句话听得我脊背发凉，倒好像在野地荒冢里，只有在天黑之后，所有的狐妖才会现出原形。犹豫了一下，我才问道，请问怎么称呼。她头也不回地说，刘小雨，我是个画家，你就这么叫我吧，他们都这么叫我。我心想，同样是画画的，看人家这范儿多足。

园子极幽深，重峦叠嶂，古木与花药杂处，竹林蓊然，溪流萦绕，处处可闻环佩叮咚之声，让我觉得自己正行走在一幅山水卷轴中。穿过重重亭台楼阁，渐渐来到一片花木疏朗处，一座两层楼阁，楼前只有几棵巨大的樟树，树身上长满暗绿色的青苔。其中一棵樟树下设有石桌石凳，有两个老头正坐在那里下棋，黑白的棋子干净清冽，一阵风过，落叶纷纷扬扬，漫天扑来，两个老者像是正坐在大雪中下棋。

刘小雨走到那个白衣老者跟前，帮他摘掉落在头上的两片树叶，然后一只手托在他肩膀上，专心看他们下棋。只见这白衣老者身形清瘦，一头染过的黑发纹丝不乱，整齐地向后梳去，暗黄面皮上长着几块老年斑，穿一件中式对襟麻布褂，脚上一双黑色千层底布鞋。看他们的情形，我忍不住想，莫非这是仿效随园主人，门下也有不少得意的女弟子？

一盘棋终于下完，棋子清脆落回漆罐中，刘小雨又从楼阁中取出茶水点心摆在石桌上。茶是碧螺春，色如碧玉，胭脂色的点心放在雪白的磁盘里，如灼灼桃花。咬开一块点心，发现里面包着鲜红色的玫瑰花酱，用蜂蜜腌的，又拌上猪油和橙皮丁，一口下去，满嘴都是玫瑰花的清香。

九哥一边喝茶一边问我道，李先生是画什么画的？我说，主要画油画，偶尔也画画国画。我犹豫了一下，正想继续往下说，他摆了摆手，打断了我，说，我从前也是画画的，后来就不画了，我们的艺术现在已经完全商品化和奴才化了，市场让画什么，画家就得画什么，但不管什么时候，都有纯粹的艺术家在画画，你说是吧。李先生你就在园子里住下来吧，景色不错，一日三餐都不用你操心，你就在这里好好画几幅画，搞艺术先得衣食无忧才能有独立性，你说是吧，住下，住下再说。刘小雨也在旁边说，那你就先住下吧。

没想到这么容易，我有一种羞愧的感觉，自己两只肩膀扛着一张嘴，手里连幅画都没拿，便被允许住下，还有一日三餐。我觉得还是应该为自己辩解点什么，还未开口，就见他已经把头转向了对面的老头，再来一局？两个人接着又开始下棋，刘小雨坐在他身侧，认真观棋，鬓角的那朵莲花散发着淡淡的清香。我有些困惑于他们之间的关系，看着像父女，又像师徒，还有点像情人。

我重又走回濯缨桥的时候，天已薄暮，夕照穿过花木落入湖中，湖面上金光瑟瑟，波纹之间还隐隐可见鲜红的鱼影。站在桥上，这么一眼望去，整面湖有种金碧辉煌的端凝感。过桥继续往前走，路边有几棵鸡爪槭红得像血一样，绕过假山，是一丛南天竹。这时候我才发现，园子里的那条溪流无处不在，无论走到哪里，都会发现它已经悄然而至，静静地候在那里。或者，它已经流过去了，如闲云野鹤，又忽然回头看你一眼，那目光幽深诡异，欲说还休。

忽然，有个人影从假山后面闪了出来，是个男人，个子很高，身上穿的裤子看起来有点短，裤角吊起来，衬衣的扣子一直扣到最上面一颗。他拦住我的去路，异常流利地说，今天该讲顾辟疆园了，当时号称吴中第一私园，以美竹闻名，园中有怪石纷相向。六朝时期流行的是士人园林，推崇那种竹林名士的风神。比如那篱门园，园中就有座卞壶墓，墓侧植一片梅花，主人每与友人饮酒，必举杯敬卞壶。六朝士人们建的园子，主题大都是老庄的返璞归真，与自然共处，文人名士们所追求的都是带长隼、倚茂林的自然之美，追慕一种山水情怀，所谓朱门何足荣，未若托蓬莱。当时园林主要有岩栖、山居、丘园、城傍这四种形式。

我后退了几步，疑惑地看着他，请问，我们认识吗？他眼睛一眨不眨，用直直的目光盯着我说，我是这园林的设计师，园林建好之后，我就被关在这里了，再也出不去了。我大惊，看看左右，压低声音问他，那你报警了吗？不料，他的目光从我肩膀上跨过去，又直直看着我身后说，因为玄学的影响，名士们对山水的欣赏，逐渐过渡到庄子的境界，也就是神游，美学追求更倾向于山水之道，从镂金错彩之美到水木清华之美。

我一回头，才发现不知什么时候，我身后已经站了一个瘦小的老者。只见他头发花白油腻，好像很多天没有洗过的样子，整整齐齐向后拢去，高颧骨宽嘴巴，倒像是岭南一带的长相，手里还抓着一只扁酒壶。老者对我说，别理他，他这里有点问题。说着，他用手指了指自己的脑袋，然后便向前走去。我不敢久留，赶紧跟在老者身后。默默走了一段路之后，我一回头，那人还一动不动地站在原地看着我们，我忍不住问了老者一句，他刚才和我说他被关在这里出不去了，不知是真的假的？老者拧开酒壶喝了一口酒，笑着说，我们都叫他林疯子，还住过一段时间的精神病院，有点妄想症。据说从前也是个艺术家，不知是受了什么刺激疯了，哪有人关他，是他赖在这里，赶都赶不走，还幻想这整个园子都是他设计出来的。

　　我倒吸一口凉气，后背上徒生一种阴森之感，便只管跟在老者身后。我们顺着溪流往前走，忽见前面有一团人影，不知道他们是从哪里冒出来的，倒像是原本就栖息在花木间、湖水中，只是一到天黑便纷纷现出原形。走近了才发现这群人居然是在玩曲水流觞的游戏，如此古雅的游戏，像是从《兰亭序》里走出来的。他们把一杯酒放入溪流中，漂到谁面前，谁便把酒饮了，并作诗一首。一个戴眼镜的中年男人取了酒杯，把酒一口喝完，然后吟了两句：三春启群品，寄畅在所因，仰望碧天际，俯瞰绿水滨。旁边有人叫道，那是人家王羲之的诗，不是你的。戴眼镜的男人笑道，千万不要把你写的那些诗又拿出来朗诵，会把人都吓跑的，你说奇怪不奇怪，虽然我自己也是个写诗的，可就怕有人当众朗诵自己的诗，动不动还泪流满面。旁边有人叫道，把他淘汰掉，继续继续，必须是自己的诗。

酒杯被与我同行的老者取起，老者把那杯酒一口饮了，还嫌不过瘾，又摘下随身携带的酒壶，仰起脖子，咕咚咕咚喝下去几大口。旁边有人笑道，景老师，你都这个年纪了，不能这么喝酒了吧。老者抹抹嘴唇站起来，朗声说，人固有一死，有什么好怕的？众人嬉笑一番，等着那老者作诗出来。天边的最后一缕夕照也悄然黯淡下去了，树影和湖水失去了光彩，骤然变得阴沉起来。这时候，湖边的荷香榭忽然远远亮起灯来，像一只华美的大船幽幽漂荡在湖面上。一干人便也不再等诗，收了酒壶酒杯，只管说笑着，结伴向荷香榭走去。

二

跟着走进荷香榭我才知道，原来是九哥今晚在荷香榭设宴。只见两张云头长条几并在一起，几上已摆了不少菜品和点心，还有装在青花瓷酒壶里的散酒。九哥已经坐在席上，刘小雨紧挨着他坐着,等一干人纷纷入座后,他便朗声介绍道,今日设宴欢迎几位新来的画家,新增了几样菜品。这个菜叫八宝肉圆,把精肉肥肉各半,剁成酱,加入松仁、香蕈、笋尖、荸荠、南瓜、姜,加淀粉后捏成团,加黄酒和酱油蒸熟。这个菜叫如意卷,把千张泡软之后,加酱油、醋、虾米搅拌,卷上金针菇和香芹,将千张切成段,放入油锅里微微一炸,再和蘑菇、笋一起煨烂。这是桂花鸡头米,现在正是吃鸡头米的时节,一年到头就这么短短几天,能吃到新鲜鸡头米是口福,再配上糖桂花的清香,只能用四个字来形容这样的美味,风光霁月。

把菜品介绍一遍之后,又开始介绍点心。只见桌上有红白绿各色点心,颜色璀璨炫目,他说,这玉带糕是用糯米粉做的,中间夹着猪油、白糖和松仁核桃仁。这石花糕的灵感取自大理石的纹理,是拿芋头、黑芝麻、糯米粉放在一起揉捏而成,贵在能捏出行云流水的大理石纹路。这翡翠糕是把青豆磨成浆,加入艾叶和杏仁,再拌上米粉蒸熟,出锅之后便色如碧玉。

我第一次听人在饭桌上这么详细地介绍菜品的做法，好像一桌菜都是他一个人做出来的，带点卖弄的可爱，倒也有趣。忽然有个声音小心翼翼地插了进来，九哥，没想到你对吃都这么有研究，我是来了你这里之后才知道什么叫饮食文化，先谢过九哥了。只见九哥端坐在方凳上，从怀里摸出一只硕大的烟斗，立刻有人凑上前帮他点着了，他把烟斗叼在嘴角吸了两口，徐徐喷出一缕青烟，然后声音不高不低地说，只要你们好好画画就行了，我从前也是画画的，但我没画出什么好作品，因为那时候太穷了，一个艺术家要是每天忍饥挨饿，看人脸色，又能创作出什么好的艺术作品？你们说是不是？每天就琢磨着下一顿饭吃什么，怎么吃才能省点钱，不懂风雅，不懂美食，哪里还能有一点艺术家的尊严？有人问我，到底什么是真正的艺术家？我说，就是那些身上还能看到理想和自由的人们。都说中国人没有信仰，中国人什么都不信，不对，艺术家们就是有信仰的，他们信什么呢？他们信理想、信艺术，他们应该享受这世间的美景美食,这样才能滋养出真正的艺术。不错,人都是要死的,人最后都是要死的,人最后必死无疑,但死了就真的什么都没了?错,真正的艺术作品能让一个艺术家独立千年而不朽,独立千年,而不朽。

他的神态和语气简直像一个极富煽动性的演讲家,话音刚落,席间一片叫好,有人在鼓掌,有人在拍桌子,有人已经开始举杯敬酒,忽然之间就有一种奇异的兴奋被点着了。荷香榭三面临风,挂着两盏八角琉璃灯,在黑暗中显得灯火辉煌。我想,若是从远处看,这夜色里的荷香榭必定像个美艳的古戏台,拥簇在荷叶丛中,戏台上荷风清响,人影憧憧。

正当我愣神的工夫,有个男人从席间站了起来,举起喝水的玻璃杯,往里面倒满酒,然后一仰脖子,满满一大杯酒灌了下去。一杯酒下去之后,他整个人忽然变得又迟钝又轻盈,像只随时会飞走的大气球。他忽然爬到了椅子上,像个乐队指挥一样挥舞着两只手说,兄弟们,我来南京之前,在北京混了好多年,啊,好多年，做了好多年的艺术盲流，盲流，你们信不信，我捡过垃圾，钻过民工的工棚，蹲过火车站，睡过地下通道，我的画一幅都卖不出去，可是我不怕，你们说我为什么不怕呢？因为我知道自个儿搞的是什么，是艺术，是正经八百的艺术。真正的艺术是独立的，是受难的，它是一个人的苦难、爱情、背叛、饥饿、痛苦、渴望、疼痛、尊严一起分泌出来的。和你们说实话，在来这儿之前，我从没有吃过这么好吃的东西，没住过这么美的园子，你们心里肯定骂我是个土鳖是个傻逼，我不怕，因为我是真正在画画，我是独立而自由的艺术家，九哥你放心，我不会对不住你这每天的好酒好菜好风景。

九哥叼着烟斗微微一笑，说，艺术就是能让人类知道自己还剩下多少美德。比如说李白吧，别人都不相信他是为了捞月亮而死的，我就信，他这样的艺术家就应该是这样的死法，浪漫纯粹，这样的死法比任何一种死法都更适合他，你们信不信？

这时候又有一个女人站了起来，是我白天在湖边见过的那个抽烟的女人，此刻她把白天盘起来的头发都放了下来，轰隆隆地直垂到脚踝处，把我吓一大跳，从没有见过这么长这么黑的头发，看上去像房子一样能把人装进去。这女人一说话便露出一嘴黄牙，大概是长期抽烟的缘故，做派上很像个男人，她咣当一声也灌下去一大杯酒，然后把杯子狠狠蹲在桌上，挑衅道，以为就你一个人能喝？老王，我就看不惯你这点做派，一个大男人，哼哼唧唧，把自己吃的那点苦翻来覆去地说，有意思吗？谁让你搞艺术了，可有人把刀架到你脖子上逼你？

人群中有人笑道，还是范姐厉害，人家可是把自己整个儿都献给艺术了。她朝那人轻轻说了一个字，滚。九哥放下烟斗，也端着一杯酒站了起来，说，范老师是我十分敬重的艺术家，她是当今女性艺术家里的英雄，是为艺术可以付出一切的人，不过，我更敬重的是我们的景云亭老师，我是他忠实的粉丝，他曾经是最重要的诗人之一,他当年写的那些诗歌我全都能倒背如流,早已是经典,而我们的景老师至今没有房子,没有家,没有子女,甚至还要经常向朋友们借钱才能维持基本的生活,要我说啊,这是真正从水中捞月式的人物,是真正的理想主义者。来,我先敬景老师一杯。

在座的人们在瞬间里一起安静了那么几秒钟,把目光齐齐投到席间坐着的一个人身上。只见这个人正坐在那里专心致志地抽烟,我一看,正是那个与我同行了一段路的老者。见九哥敬酒,他便掐掉烟头,不慌不忙地举起自己的酒壶,朝空中晃了晃,便滋溜滋溜慢慢喝进嘴里。然后,放下酒壶又点起了一根烟。摆在他面前的盘子和碟子都是干净的,他好像用不着吃菜,只抽烟就够了。

人群一阵沉默,但很快就又有人打破了沉默,笑道,诗人们的黄金年代真是一去不复返了,我们当年的那帮诗人朋友每年聚一次,说好日子,从五湖四海赶到我那儿,赶到一起就开始没日没夜地喝酒,我们一喝就是通宵,想说的话怎么也说不完，我们谈诗歌谈文学谈艺术，喝了吐，吐完再喝，喝到半夜还要跑出去吃一碗肥肠面，把酒压下去。我门口有一家肥肠面白天从不营业，到晚上十二点才开张，天亮就关门，和鬼店一模一样，可那味道是真好哪。我们出去玩的时候，就在车里放上几箱酒，走到哪喝到哪，我们在戈壁滩的公路上一边喝酒一边开车，整个戈壁滩就我们一辆车，真是连只蚂蚁都不如，我们喝醉了，车就拐进了戈壁滩里，我们也不管它，反正什么也撞不到，就在车里睡着了。有一次，我们喝多了，就把车开进河里了，但水并不深，只把车淹了一半，我们就由它泡在水里，美美地在车里睡了一觉，结果第二天忽然被晃醒了，我想，难道是地震了？你们猜是怎么，原来是吊车把我们的车从河里吊起来了。如今，那帮人都不写诗了，过日子的过日子，发财的发财，还有的开了婚姻介绍所，其实就是骗人的，光收费，一对都没介绍成。如今就我一个人还在写，像个怪物一样。世道不一样了，大家再也聚不起来了，风流云散,如今已是风流云散哪。

气氛再度活跃起来,众人纷纷举杯,相互敬酒,酒过三巡之后,便纷纷离开自己的座位,抱着酒壶,开始窜场子。他们相互举杯,喝着喝着,便相互拥抱起来,开始大谈文学大谈艺术,或是啃着鸡腿大骂某某人没有风骨,骂着骂着又谈到了如何赚钱如何买房的问题。还有的喝着喝着便号啕大哭起来,最后哭得站都站不起来,直往别人怀里倒。还有的喝着喝着就躺到桌子底下去了,也没人管他,就由他在桌子底下躺着,等他一觉醒来,睁眼一看,这帮人还在喝。

月上中天,碧空如洗,湖水中也沉着一轮明月,与天上的那轮交相辉映,天地间看起来一派明瑟旷远。近处,有一只水鸟从荷叶丛中惊起,振翅向上飞去,一直飞到了金色的月亮里。这时候,我听到有人对着湖水高声唱道,今宵酒醒何处?杨柳岸,晓风残月。此去经年,应是良辰美景虚设。便纵有千种风情,更与何人说?

又有人敲着筷子应和道，便纵有千种风情，更与何人说？

我也喝了两杯酒，凭栏望月不禁有些恍惚，不知道自己到底身在何处。忽然想到"隐园"这个名字和它那个不起眼的入口。也许，不管是什么人，只要走进这座园子，就会从众人眼中消失，变成隐形人，这些隐形人能看得到彼此，却看不到园子外面的那些人。这园子倒像是一个大梦，或者是被狐妖鬼怪造出来的荒冢，无论深夜里如何灯火辉煌，到了天亮便总归要消失，只剩下一座老坟和几缕青烟。

第二天早晨醒来，定了定神，才想起来昨晚好像一直喝到半夜，后来众人散了，我便被刘小雨安排在隐园的一个地方住下了。我打量了一下自己睡的房间，像是公寓，不是很大，带卫生间，一张床一只柜子一副桌椅，有一种宾馆化的冰冷和洁净。我打开窗户向外张望，一缕桂花的幽香扑鼻而来，估计附近种着不少桂花树。但见窗外是一面粉墙，粉墙前立着一块太湖石，石旁种着两棵芭蕉树。我出了房间，才发现门外有个长长的走廊,走廊里静悄悄的,有一排一模一样的房门,看起来应该是客房。我刚试着往前走了几步,便看到我右侧的房间门是大开着的,不知道里面有没有人,我假装没看见,目不斜视地继续往前走,却听见那扇门里传出一个苍老的声音,孩子,进来喝点酒吧。

我吓一跳,扭脸朝那门里一看,一个瘦小的身影正站在屋里抽烟,看不清脸,只见他手里的红烟头一明一灭。我犹豫了一下,还是慢慢走进了那间屋子。即使敞着门,我还是一走进去就闻到屋里有一种老年人特有的气味,这屋里的家具和我那屋里的一模一样,可还是不由得觉得它们是老年人的东西。一扭脸,那瘦小的身影不知什么时候已经悄悄挪到了我面前,一点声音都没有。我定睛一看,原来是那个叫景云亭的老诗人,昨晚九哥还向他敬过酒的。我说,景老师,您也住这?他用两只树枝般的手指架着一根烟,用另一只手庄严地往后拢了拢头发,仍然紧紧盯着我的脸说,都住这,所有的食客们都住这。

听他嘴里说出食客两个字，我忍不住笑了一下，我说，景老师挺有意思，也可以叫门客嘛。他脸上纹丝不动，慢慢掏出烟盒递给我一支烟，我摆摆手，学过，学不会。他又转身指着桌上的酒壶，有些可怜巴巴地说，那喝酒呢？我犹豫了一下，不忍拒绝，便说，酒还能喝点，不过也喝不多。他拉开椅子，示意我坐下，自己叼着烟坐到了床沿上，一眨不眨地盯着我的脸说，要是连酒都不喝了你还活着有什么意思，还来这？都不够丢人的。我知道，你不就是个画画的嘛，我年轻时候也是画画的，我是画油画的。老九也说他以前是画画的，他以前是不是我不知道，我以前画画可是真的，你知道我为什么后来不画画改写诗了？因为我觉得自己画得不好，我不是一个好画家，我才华不够，发现了这点之后，我自杀了一次，但没死成。我跳到河里，河水淹到我脖子上的时候，我忽然不想死了，就自己爬上岸了，从那以后我就开始写诗了，相当于我重生了一次。

他掸了掸长长的烟灰,往两只茶杯里分别倒上酒,然后举杯和我碰了一下,我喝了一口,是五十多度的高度酒,便皱着眉头问,您这里没有可以下酒的东西?他风淡云轻地抽了一口烟,慢慢吐出青烟,说,谁让你不抽烟呢?这烟便是下酒最好的,我从二十岁起就这样,一口酒一口烟,喝酒时从来不吃任何菜,吃菜会败坏了酒的香味。我叹道,您这都快成仙了。他叉开五指,又往后拢了拢灰白油腻的头发,端着烟的那只手驻留在半空中,烟灰又长了好多,像很老很老的人的指甲。他就那么纹丝不动地看了我很久,我被看得有些发毛,问,景老师,我脸上是不是有什么东西?一截灰白的烟灰轰然坍塌,落到了他的裤子上,他也不管,只是慢慢把烟举到嘴边又抽了一口,这才说,你趁早改行吧,别画了。我大惊,问,为什么?他面无表情地说,你不适合干这行,可能画画行画还可以,在这里住几日就走吧,找个工作找个老婆,再生个孩子,过过小日子也挺好,等到你只剩下尊严的时候就晚了。

我一边喝酒一边琢磨他这话到底是什么意思。这时候我注意到他身上穿的薄线衫已经有几处开线了，头发好像很久没有洗过的样子，肩膀上落了一层白花花的头皮屑。除了几件简单的家具，屋里摆放最多的就是书和酒瓶，清一色的牛栏山二锅头酒瓶，很壮观地垛成了一堵墙，心里便怀疑他莫不是有些酒瘾？我朝他举了举杯子，说，那您现在还写诗吗？他咕咚一声喝下去一大口酒，皱着的眉头像弹簧一样猛然松开，然后嘻嘻一笑，又架起一只手掸了掸烟灰说，我这辈子没钱没财产没房子，老婆倒是有过一个，不过也早离了。我那些老哥们儿催着让我付个首付，赶紧供上一套小房子，说好歹有个住的地方，快把我笑死了，让我去供房子？怎么可能？你知道人应该怎么活？房子贵就不买房子，城市拥挤就不在城市里待着，电费贵就不用电，电话费贵就不用电话，汽油涨价就不开车，彻底回归到自然，不用电，不用化工产品，不用抽水马桶。人就应该这样活着。

我说，那您还不回到原始社会了？

他又慢慢端起那只手抽了一口烟，摇着头说，你们这代人，和我们那代人就是不一样了，你们这代人还什么苦都没吃，就和一切妥协了，我们那代人，吃了那么多苦，还把自己整得像贵族一样。当知青的时候，我在洪泽湖边的双湖村劳动，白天要干一整天的活，可是再苦再累我也不忘欣赏周围的景色，血红色的落日，金黄的芦苇荡，银白色的大湖，晚上还要熬油点灯看书、写诗，还天天晚上梦见托尔斯泰。那时候我看普希金、莱蒙托夫、托尔斯泰，后来又看布洛克、茨维塔耶娃、洛尔迦。那时候对于我们来说，读诗根本就不是一件可有可无的事情，是我们生活中最重要的头等大事，我们绞尽脑汁到处搜寻旧书，我们溜进废弃的图书馆里找书看，去废品收购站花几毛钱买一堆旧书看。农闲的时候，我们划着一条小船，唱着《三套车》和《山楂树》，从一个村庄到一个村庄地去拜访知青们，谈论诗歌谈论文学。有时候，湖面上会忽然升起大雾，湖水和天空融到了一起，就像回到了还没有开天辟地的洪荒时代，整个宇宙中就剩下了我们这一叶孤零零的扁舟。太阳出来了，大雾忽然散去，蔚蓝色的天空整个掉在湖水里，天地间一片澄澈宁静。有时候我们的小船误闯进了荷花丛中，立刻便惊起几只水鸟，荷叶上的露珠越聚越多，晶莹剔透，最后终于打翻，露水像珠玉一样滚落到湖面上。都是诗，到处都是诗，我们就像被流放的十二月党人。后来回到城里我们也是居无定所，没有工作没有收入，想去看谁我们就偷着扒火车去，没地方住，经常就睡在公园的长椅上，或从窗户爬进没人住的家里借宿一夜，还给人家把卫生打扫一番。为了不饿死，我们到处借钱，甚至会去偷东西变卖。就是这样，我们仍然会省出一支铅笔一个本子来，虔诚地去抄写白朗宁夫人的十四行诗、梅热拉衣济斯的诗。再困顿的生活，也不影响我们觉得自己像受难中的贵族。我最向往的就是十九世纪俄罗斯小地主的生活，乡间有一套橡木做的房子，里面摆满了书，冬天的时候，外面下着大雪，自己可以坐在壁炉前慢慢看书。夏天的时候，可以去屋后的森林里采来各种野花，插在朴素的陶罐里，摆满有阳光的窗台，每天早晨，看着那长辫子的姑娘从窗前经过。你和我说说，你们这代人最向往什么样的生活？

我捏着那只杯子，想了想才说，我不懂诗歌，我只是觉得，可能每一代人都有他们这一代人的诗歌和诗人。

他又喝了一大口酒，用手抹了抹嘴唇，然后用那只手又把头发向后拢了拢，这才看着我说，你的意思是，我早就过时了？不过你说得也对，当年我们那些诗人们现在还有谁在写？有的出国了，有的死了，有的早发财了，还有的消失了，谁也不知道去了哪里。就像我，谁都不知道我在这里，我也不想让人知道我在这里，这是个秘密，一个老诗人躲在这里，躲在这里写诗，但写出来的诗又不给任何人看，也不会去发表，我就只写给我自己，写给诗歌，用诗歌写给诗歌，这真的是一个秘密，你说是不是？

我看着他没说话，只点了点头。

他又灌下去一大口酒，之后举起一根指头放在嘴边，轻轻对我嘘了一声。然后跌跌撞撞站起来走进了卫生间里，等他再出来的时候，我断定他确实已经喝多了，因为他连裤子拉链都没拉上就出来了，他对我嘻嘻一笑，又歪到那张藤椅上，然后，像变魔术一样，把自己的身体蜷成了一个很小很小的团，再然后，那个团无声无息地睡着了。

后来我才慢慢发现，他并不是真的对我有兴趣，只是因为我从他门口经过被他看到了，而他的门口是我出入的必经之地。事实上，他每天早晨都会早早把自己的房门大打开，然后就坐在屋里，一边抽烟喝酒，一边专心致志地等着有人从他门口经过。他像只恪尽职守的大蜘蛛一样，只要有人经过，就必定会网罗进他布下的蛛网。等他把猎物捉回洞中之后，他便缠着这猎物陪他喝酒，陪他说话，不管说什么都行，只要有人和他说话就行。他自己则慢慢喝着小酒，说着些近于自言自语的话，在上午的阳光中昏睡过去。醒来便看看书，等到下午时分，他会出园子一趟，也不知道出去干什么，只是每天风雨无阻地要出去一趟再回来。

三

我慢慢发现，这园子里确实住着一帮画家、作家、诗人，当然其中还夹杂着一些纯粹混饭吃的盲流，居然还有一两个精神病患者，不知是不是从精神病院跑出来的，除了那个林疯子，还有个女人也看着不大对劲。我在园子里交到一个朋友，也是个画画的，我叫他老姚，他脸上总是没洗干净的样子，一问才知道，不是没洗干净，是又忘了洗脸了，他经常忘了洗脸，偶尔洗了把脸，又忘了刮胡子，所以什么时候看都像个荒岛上的鲁滨逊。他腿上的牛仔裤永远都磨得发亮，可以当镜子使，偶尔换了一条，一看，是上次换下来还没来得及洗的那条。他还总在晚上跑过来找我聊艺术，一聊聊到大半夜，两个人得抽掉四包烟，直抽得我头大如斗，两只肩膀都要扛不住了，说话时又声嘶力竭，像刮风一样，站起来去个卫生间都摇摇晃晃，可见抽烟抽醉了也不比喝酒喝醉好多少，搞得我的烟瘾倒是见风就长。

白天我在屋里画画的时候，为了通风透气，就学老景的样子，也把房门打开。倒是没有人进来找我喝酒，但我发现有个女人老是趴在门边偷偷看我画画，几次三番之后，我以为她是觉得我画得好，便邀请她进来看看我画的画。只见她脸上涂着一层厚厚的白粉，披着一头黑色的长发，走路连一点脚步声都没有，简直像刚从《聊斋》里走出来的。她进来也不说话，只管盯着我没画完的画一看半天，眼睛都不眨一下，又盯着墙上的画看了半天，眼睛还是不眨。我以为她真的是很欣赏我的画，又不好表达，心里十分高兴，便把挂在墙上那幅画送给了她，她连个谢字也不说，抱着画就走了。此后，她隔三岔五就在我门口探出半张雪白的脸来，然后无声无息地走进来，手里托着一只盘子，偶尔，盘子里也会装着几块好吃的点心，但大部分时候,她手里捧着的是一盘刚采的树叶,或是一盘五颜六色的野花。我心想,这么高洁的做派,难道是要学蝉的"垂緌饮清露,流响出疏桐"?她八成也是个诗人,诗人们就喜欢干这种事。

结果,等晚上和老姚一起聊天的时候,一问他才知道,那女人是从精神病院跑出来的,被九哥收留了。不过人家以前也是从美术学院毕业的,不知是因为什么疯掉的。我说,那也不把她送回去?老姚哑着嗓子说,干吗要把人家送回去,人家又不打人不骂人,不上房揭瓦,而且她看画挺准的,艺术鉴赏力绝对没问题,天才和疯子本来就是一步之遥嘛。再说了,这里有吃有喝还有艺术,去哪再找这种地儿。

我想到那女人老来看我画画,想来是我画得不错,不禁心中窃喜。我点点被烟熏大的脑袋,说,也是。老姚也抽得东倒西歪了,却还是坚持点了一根烟,好像过了今夜就抽不着了一样,半根烟下去,才说,你也知道的,其实有吃有喝还不是最主要的,最主要的是这里有同类，只有同类在一起才能相互取暖嘛，说不定以后这里会成为全国最大的艺术家聚集地。

遍地烟尸，我俩彻底抽醉了，都懒得再说话。夜已经很深了，一阵晚风经过窗下，芭蕉树飒飒作响，在深夜里侧耳细听的时候，就能分辨出园子深处传来的各种声音，有风穿过竹林的声音，有风从"冬山"的石洞里钻出来时酷似吹埙的声音，还有残荷被吹落在水面上簌簌的声音，楼角的风铃叮当作响的声音，有的时候，还会依稀听到渺茫的唱戏声，也不知是从园子的哪个角落里传出来的。不知为什么，我总觉得这园子有些诡异的气息，但又说不上是哪里不对。

这天黄昏，忽然下了一阵小雨，更显得秋意萧瑟，我闲来无事，便冒雨在园子里闲逛。寂寂的九曲游廊里只有我一人，游廊的一侧是湖水，另一侧则在粉墙上开了形状各异的花窗，从每一扇窗户望出去，都是一幅娴雅的小画，或是竹影潇湘、深林曲沼，或是白莲倚阑干、鱼惊尾半红，还或是风枝摇曳、凉阴满苔。游廊尽头有一座赏景亭名叫四照亭,可以随四季赏景,春有海棠,夏有湖石,秋有红枫,冬有梅花。我正站在亭子里看雨,忽然看到有个人坐在湖边的石头上淋着雨。我心里觉得奇怪,走近了一看,却是刘小雨。她像是在雨中已经坐了很长时间了,浑身上下都湿透了,我说,你怎么不打伞,这是秋雨,淋了容易感冒的。她依然用端庄优雅的姿势坐在雨中,眼睛望着湖面说,我要画一幅红鱼翠雨图,就得在雨中观察鱼儿才好。我本想说一句,赏鱼也可以打个伞嘛。转念一想,都是搞艺术的,难免有些怪癖,我便转身走了,走出好远了,我回头一看,那个人影还一动不动地坐在雨中。

又过了几天,我画画一直画到深夜,画得太兴奋了,反而怎么也睡不着了。索性就披衣出门,趁着月光在园子里到处溜达。不知不觉又走到湖边,月光照亮湖面,整面湖闪着水银似的光华,一轮明月静静沉在湖中。我绕着湖水慢慢散步,不知为什么,却忽然想起了那天在荷香榭吃饭时九哥说的话,你们不信有人会为捞月亮而死吗？我信。现在想想，总觉得他当时说话的那种语气和神情有些奇怪。

　　走进"菰雨生凉"的时候，我忽然看到亭子里的湘妃榻上好像躺着一个人。大半夜的，天气也凉了，榻上满是夜露，没想到居然会有人躺在这里睡觉。我走过去细看，躺着的人见有人走近，便也坐了起来。我就着月光一看，又是刘小雨。她身后的那面镜子里也是月光粼粼，好像从时空里单独挖出一块摆在了这里，她鬼魅般的影子也落在镜子里，薄薄一层，像个魂魄。我心里忽然有些害怕，但还是问了她一句，这么晚了你怎么躺在这里？会着凉的。她见是我，便又慢慢躺回到榻上，枕着自己的一只手臂说，没事，我已经在这里躺了好几个晚上了，我想画一张画，就叫菰雨生凉图，你看这月色，太美了，真是美极了，有这样美的月光，让我不吃不喝不睡觉我都愿意。

　　晚上，老姚带着他的烟和茶又过来找我聊天，他那只茶杯，刮一刮都能刮下两斤茶垢来，他还当个宝似的，走哪儿带哪儿。聊着聊着我就把话题引向了刘小雨，我说，那个刘小雨画的画到底怎么样？他拧着眉毛吸了一口烟，朝我徐徐喷出来，说，你见过她的画吗？她根本就不会画画，刚开始学，还是个新手。我倒吸了一口凉气，不会吧，看她那架势倒比谁都摆得足，不过，我总觉得她哪里有点不对劲。老姚呷了一口浓茶，忽然压低声音说，谁也不知道她是什么来路，也不知怎么混进来的，看上去她和九哥的关系倒是非同寻常。我寻思了一下，说，莫不是九哥的情人？他摇摇头，据我观察，也不大像，不过不好说，这女人从来不说自己的真实年龄真实姓名，也不知道她以前是干吗的，只在耳边听谁说过一句，说她是被九哥捡回来的。我记得有一次，老薛把他儿子带进园子来玩了两天，我们一起吃饭的时候，她不停逗那小孩玩，看起来很喜欢小孩。当时就有人说，你这么喜欢小孩，那就赶紧结婚生一个嘛。结果你猜怎么，她不假思索地说了一句，我不可能结婚的，我不配。一句话把在座的人都吓住了，半天没人敢吭声。

我呆了半晌才说，看她对画画还是挺上心的。老姚摇摇头，笑道，说实话，我平时都不敢多看她，不知为什么，总觉得不忍心多看。我见桌上还有半瓶喝剩的酒，便拧开，往两只茶杯里各倒了半杯，又翻出两块疯女人送我的点心，我们一边聊天，一边慢慢把半瓶酒也消磨掉了。酒快喝光的时候，我才问了一句，老姚，你为什么愿意待在这园子里？就因为有吃有喝有住的？他把烟盒里的最后一根烟掏出来点上了，眯起眼睛抽了几口才说，有吃有喝肯定不是最重要的，最重要的是，你在这园子里待着，会觉得，艺术好像是真实存在的，它成了一件最重要的事情，比什么都重要。

中秋节到了，九哥请众人在荷香榭饮酒赏月。不知为什么，自从参加过两次这样的宴会之后，我一听到九哥又要设宴请众人吃饭，心里就有些莫名的恐慌。我在去荷香榭的路上，一轮满月已经升起来了，月光之下，小径上光影凌乱，竹影横斜，桂香缥缈，溪声遥闻，不觉就走到了荷香榭。两盏八角琉璃灯已经点上了，远远一看，整座荷香榭似漂荡在湖面上的一座画舫，桨声灯影，凌波虚步，隐隐散发着一种诡异之气。

仍然是两张长几并在一起，九哥照例又在给众人介绍菜品和点心。这桂花鸭的做法，是把鸭子内脏掏空，把糯米、火腿丁、香蕈、笋丁、酱油、麻油、黄酒、桂花都灌进鸭肚子里，再放进罐子里蒸熟。这香橙蟹的做法是把大闸蟹的肉和蟹黄掏出来剁碎，里面拌上黄酒、盐、蛋清，再把橙子掏空，留一部分橙肉，把蟹黄酱填进去，上锅蒸半个小时，橙香和蟹香就完美结合到一起去了，吃的时候再配上花雕酒。这白鱼的肉质最为细腻，但吃之前要微微腌一下，蒸的时候要和糟鲥鱼一起蒸，味道才最为鲜美。今日是中秋，自然要吃月饼，这百果月饼是把红糖、玫瑰酱、芝麻、核桃仁、花生碎、瓜子仁、南瓜子、葡萄干、海棠脯、山楂脯、冬瓜条等各色干果用胡麻油搅拌起来做馅，用面粉、黄油和鸡蛋搅拌起来做皮，月饼从广寒宫的模子里取出来后，先放在铁鏊子上烤到两面金黄,再放到泥炉里慢慢烤出香味,一定得是泥炉才能烤出这香味。

众人只默默吃菜,比起第一次见到他们的情景,竟然多出了一些拘束。有人在吃菜的时候,还不时偷偷瞟九哥一眼,即使相互敬酒的时候也不似我初见他们时的豪放,我心中有些诧异,但转念一想,其实并不算奇怪,或者说,他们变成这样几乎是迟早的事情。我且不掺合他们,也不打算像他们那样向九哥俯首帖耳,我暂且把这里作为一个歇息的地方,没有干扰地画几幅画就走。如此一来,别人也不能强迫我做什么。

开始有人上前给九哥敬酒,毕恭毕敬地喝下去一大杯酒。一旦有人带头,其他人便也学着,一个个走过去,挨个儿给九哥敬酒。我坐在暗影里吃了一块百果月饼,果然香甜,然后我便做出赏月的样子,躲出荷香榭,一个人走到湖边,静静看着水里的月亮。荷香榭里又传出九哥的声音,像是又在演讲什么,他有一个本事,即使平时说话的时候,听着都像演讲。

真猜不出他以前到底是做什么的，又做过些什么。

只听他说，中国文化里有一些伟大的精神，从来就不曾消失过，就是这些伟大的精神让人自尊而有力，比如我最近在读《史记》，读到刺客列传那部分的时候，我读得整夜都睡不着觉，我太感动了，古代的那些刺客们，把名誉看得比生命还重要。我们今天还有谁把名誉看得比性命重要？豫让两次行刺失败之后，仍然堂堂正正地要求名誉，请求赵襄子借衣服让他砍一刀，在拔剑连击三次之后，他伏剑自杀。聂政与豫让一样，也仅仅因为自尊心受到意外的尊重，就决意为知己者赴死，在击杀侠累之后，他又给自己毁形，让自己变成一具无法辨认的尸首，从而保护他的知己严仲子。荆轲刺秦王的时候，田光只因为太子丹嘱咐一句，愿先生勿泄，便自杀以守秘。樊於期只因荆轲说了一句，愿得将军之首，便立刻献出头颅。而我们今天在座的这些人，谁有这样的献身精神？有谁能为艺术舍掉性命吗？谁能？告诉我，有谁愿意做那个从水中捞月亮的人，有谁？

我不愿再听下去了，穿过游廊，独自向后园走去。已经走出很远了，我一回头，还能依稀看到荷香榭里飘出的灯光，正鬼魅地游荡在月光粼粼的湖面上。

第二天早晨，我醒来一看表，才五点，却怎么也睡不着了，窗外，鸟儿的叫声渐渐清晰起来，好像从一只鸟忽然变成了很多只鸟。我干脆起床，打算到园子里看看鸟儿。走廊里静悄悄的，似乎所有的人都还在熟睡。老景的房门是我出去的必经之地，从他门口经过的时候，我居然有点紧张，偷偷朝那扇门一看，门居然是开着的。那扇门黑洞洞地大张着，看不清里面有没有人。我心想，难道他整晚上都不关门？正当我准备蹑手蹑脚地走过去的时候，忽听门里的那团黑暗中钻出来一个声音，苍老的，小心翼翼的，带着醉意的。是老景的声音。他躲在那团黑暗中准确地抓住了我，孩子，进来坐坐吧。

我站在门口稍微犹豫了一下，到底还是走

进了那间屋里。等眼睛适应了屋内的光线,我才发现,老景穿得整整齐齐,正端坐在椅子上喝酒,床上也铺得整整齐齐,看起来他应该是整宿没睡,就一直坐在这里喝酒。见我进来,他试图从椅子上站起来,却怎么也站不起来,像是被焊在了那张椅子上,我用手扶着他往起站,才发现原来他这么轻,只有一把柴禾的分量。他吊在我的胳膊上徐徐升了起来,但令我感到恐惧的是,他悬空的身体居然还保持着一把椅子的形状,因为坐得太久的缘故。我把他放在床上,过了好一会儿,他的两条腿才慢慢活过来。他又赶紧抱起酒瓶子,哆哆嗦嗦地要给我倒酒。我说,景老师,您都喝了一晚上了,就不喝了吧。他不理我,举着杯子朝我敬了敬,说,夜里看不到一个人,全世界只有我一个人,孩子,我太孤单了,除了喝酒,我就是坐在这里等天亮,等着等着,天就亮了。说完一仰脖子,用很大的力气把一杯酒咕咚咽了下去,就像把一块生铁硬吞了下去。

　　一大杯酒下去之后,他的那只手也不抖了,

整个人向一个更深更沉醉的地方坠去，他好像是在和我说话，又好像是在和空气中的其他看不见的人说话，孩子你知道什么是诗人？诗人就是在政治家、神学家、医生、教师、巫婆神汉之外的一种人，他们做着这个世界上最徒劳最高贵的事情，那些领着工资的诗人们，诗人居然也能领工资？你觉得不好笑？领着工资的诗人还能感到贫穷的疼痛与诗歌的荣光吗？那时候我们都很穷，经常身无分文，但我们还是会扒着火车去旅行，我们去了大兴安岭，积雪覆盖大地和森林，犹如俄罗斯的冰原，我们在积雪上唱着《三套车》。我们去了西双版纳，在热带雨林中绞杀植物，在傣族的寨子里看月光下的凤尾竹。我们当时的梦想不是出名，不是挣钱，而是去做一个养蜂人，带着简易的帐篷和几箱蜜蜂，追随着大江南北的花季，风餐露宿在绮丽的山水之间。那时候，尽管身无分文，我们却真正洋溢着理想的光辉，那些理想真是光芒万丈啊。就是在我们被整个社会遗弃的时候，我们仍然觉得自己是贵族，一群被流放的贵族。可是现在，怎么一切都变了？你说，是从什么时候开始变的？

我沉默了半天，努力对他笑着说，景老师，你们那个时代再回不来了，一个时代过去，就必然会有另一个时代到来。

他又给自己倒了一杯酒，咕咚一声喝了下去，然后他用手擦了擦嘴角，又用那只手把油腻腻的头发往后拢了拢，然后端坐在那里说，其实我也并不是没有机会挣钱，前几年还有两所大学邀请我去他们学校做讲座，做讲座自然会有些酬劳，但我不愿意，我说我都没上过大学，怎么去给大学生做讲座，我坚决不去，我也不想让年轻人看到一个诗人老了是什么样子的，如果他们能读过我的一两首诗就足够啦，就已经是缘分啦，一个诗人其实就活在他的几首诗里。

我走到窗户前把窗户打开了，清晨的空气清冽甜润，他的窗外站着一棵广玉兰。我临窗站了一会，看着窗外说，景老师，我只是随便一问，如果离开这里，您还有地方住吗？他冷笑了一声,天下之大,还缺我一个住的地方吗?我睡过朋友家的沙发,睡过公园的长椅,睡过桥洞,睡过火车站,睡过草原,睡过戈壁滩,哪里不能睡呢?就是我睡在马路边,也不会有人赶我吧?我从来不为自己没地方住而发愁,这根本不是个问题。

我不敢回头看他,他也不再说话了,我们就那么一坐一站地久久沉默着。

四

在这个园子里待得越久,我心里某个地方越觉得不安。我暗暗做了决定,等画完手里的这几幅画,就从这园子里搬出去。毕竟天气冷了,房子也贵,还没法取暖,手冻得都没法画画,现在就搬出去的话,实在难以找到个安身之处。

这天下午,画得不在状态,我便到园子里独自溜达起来。我很少走到这园子的西面,走到这边才发现,这边朴野疏朗,以草木为主,疏置亭台,画面平旷开阔,晚樱丛中有一座听雨轩，绕过一座假山，有几株垂丝海棠，海棠树下有座小巧的亭子名曰采薇。前面有一片茂密的竹林，我沿着竹林中间的石子甬道蜿蜒向前，没想到竹林深处居然还藏着一座幽静的翠寒亭。待走近我才发现，亭子里坐着两个人，隐约可见是一男一女，女的似乎正在哭泣。我便躲在竹林里，没有去惊动他们。女人一边哭泣一边说，九哥，我画不好，我怎么也画不好。

男人说，你以后会画得比谁都好，你要相信，你太有才华了。

女人说，九哥，你真的觉得我有才华吗？你从哪里看出我有才华？你觉得我哪幅画画得好？

男人说，我说有就有，你相信我的眼光，我见过的艺术家太多了，没有谁比你更有才华更有精神，你还信不过我吗？

女人又哭着说，九哥，你是我的精神导师，你说什么我都信，可我就是时常觉得自己什么都不是，觉得自己一无是处，觉得自己实在不高贵。

男人说，你将来是要成为大画家的，我已经看到那天了。不要老为自己以前做过什么感到羞愧，艺术和别的都不一样，有时候，越是贫贱的土地上越能长出艳丽的艺术之花，像你这样的经历其实更容易出惊心动魄的艺术作品。

女人说，真的吗？你不是在安慰我吧。

男人说，你放心，只要在我这里待着，你就一定会变成大艺术家，到时候，你过去受过的所有的苦所有的羞辱都会变成你身上的宝石，你会变成一个真正高贵的艺术家，就像梵高在他的画中发明了一种人们所不知道的力量，强大、癫狂、燃烧的力量，你也可以的，为自己发明一种力量，为此可以献出一切，这就是理想主义，这个时代太需要理想主义了。

女人说，九哥，要是没有你，我活得还有什么意思，你抱抱我吧。

我没有再听下去，又沿着小径悄悄走出竹林，回头一看，茂密的竹林看不到一丝缝隙，那条小径也消失了，竟不知道刚才我是怎么走进去的。我又漫无目的地在园中闲逛了半日，走着走着，天就黑了下来，园中的亭台楼阁一旦隐匿于黑暗之中，便悄然生出了一种狰狞之气，那些拱形的飞檐，坐着兽头的屋脊，在铁青色的天幕下散发着一种近似于坟墓的阴森和诡异。在草木间穿行的时候，又时不时会听到那条萦绕在园子里的溪流的声音，你根本看不到它的踪影，却又觉得它无处不在，紧紧随着你的脚步。偶尔，在草木疏朗处，在月光清亮明净的时候，猛一回头，会忽然看到它，它像只眼睛一样正在草木的缝隙间窥视着你。我忽地想起九哥嘴里反复说出的那几个字"理想主义"，不知为什么，本是平常的几个字，从他嘴里说出来之后，却总觉得散发着一种令人不安的气息，可是，到底是哪里让我觉得不安，我也说不出来。

　　穿过月宫门，忽见芭蕉树下立着一个人影，见我走过来，那人影忽然对我说起话来，你好，今天要讲的是唐代，唐代出现了一种特殊的园林，士流园林，文人官僚们出于心理和精神的需要，对园林更是一往情深，文人们从"兼济"到"独善"，在池边闲吟，园中徘徊，他们尊奉着大隐住朝市，小隐入丘樊的原则，所以白居易说，丘樊太冷落，朝市太喧嚣，不如作中隐，隐在留司官。园林成为文人们中隐的精神载体。

我明白了，正是那天在假山后面遇到的男人，林疯子，他应该根本看不清我的脸，也不知道我是谁，但这并不妨碍他继续流利地说下去，说得还真是有理有据，如果冷不丁听到，还以为是个大学老师正在讲课。我本想问他一句，你到底是被关在这里还是自己不想走？后来想了想，还是少招惹他为好，于是我什么都没有说，把林疯子独自留在芭蕉树下便走了。

我连晚饭都没去吃，在屋里泡了一桶方便面之后，便接着开始画画，我想赶紧把手里的这几幅画画完。不觉就画到了深夜，为了消除困乏，我给自己泡了一杯浓茶，又抽了两根烟，刚又拿起画笔，忽然听到有人敲门。我心想,莫不是老姚又半夜跑过来找我聊天?开门一看,却是老景站在门口。平时都是他守在自己的蛛网上捉人,很少见他主动走到别人门口,我有些吃惊,连忙把他让进屋里,我说,景老师,您这么晚了还不睡?他怀里紧紧抱着自己的扁酒壶,脚步踉跄,一看就是已经喝了不少,他站在我屋子里,慢慢抬起一只手,把油腻的头发往后叉了又叉,然后把酒壶往桌上一墩,高声说,睡觉有……意思吗?来,孩子,陪我喝两杯吧,我觉得很孤独很孤独。

我竖起指头嘘了一声,说,景老师你说话小声点,邻居们都睡了。老景忽然哈哈大笑起来,都睡了?你挨个敲门看看去,看有谁睡着了。我吃了一惊,说,深更半夜的他们不睡觉在干什么?老景抱起酒壶又喝了一口,擦了擦嘴,笑着对我说,画画的,写作的,都在那熬夜搞艺术创作呢,理想主义的大跃进嘛,外面没有的,这儿都有。

再次听到理想主义四个字,还是在深夜里,我不由得悚然一惊。我让他坐在椅子上,翻出一瓶酒，往两只茶杯里倒上酒，又从抽屉里找出半袋花生。他用浑浊的眼睛盯着那袋花生看了很久，像不认识那是什么一样，看了半天才颤颤地捧起茶杯，说，孩子，喝酒就是喝酒，喝酒是……不能吃东西的，一吃就败坏了酒的香味，写诗就是写诗，不能硬写，不能坏了诗的品格，孩子啊，你见过的最纯粹的诗人是什么样的？我见过有人一辈子就写一首诗，反反复复地就写一首诗，用几年的时间去推敲其中的一个词，还有的人，干脆把自己的一辈子变成了一首诗，他自己就是诗，从出生到死就是一首诗。

我剥了一粒花生送进嘴里，说，景老师，不怕您笑话，我这人真没读过什么诗。

他用很大的声音咕咚咽下去一口酒，又抬起一只手，慢慢往后拢了拢油腻的头发，对我说，孩子啊，画家也得读诗，其实所有的人都应该读读诗，诗是修炼这个地方的。他说着指了指自己的心口，然后又说，我看你画得还不错，你的画能卖出去不？我给他杯子里添了点酒，继续剥着花生说，画要是卖得不错，我就不来这了，这几幅画都是给一家画廊画的，等画好后看看人家怎么说吧。

他忽然把脸凑到我耳边，低声说了一句，你是骗我的吧。我一愣，只听他独自笑了起来，边笑边说，我年轻时候也是画画的，就是后来不画了，改写诗了。你说，我现在要是重新开始画画，晚不晚？

我感觉很是突兀，一时不知道该如何对答，只好不停地剥着手里的花生。他又慢慢凑过来，嘴里的酒气喷到了我脸上，我往后躲了躲，他小心翼翼地试探道，孩子，不怕，你就和我说个实话，你这一幅画能卖多少钱？我不敢看他，手里只是机械地剥着花生，桌上已经攒了一小堆花生仁。见我不吭声，他又说，我就想啊，要不我也退回去画画吧，我年轻时候就是画画的，画画怎么也比写诗挣钱吧，卖几张画是不是就能自己供个小房子了？我一个月画一幅画总够吧，你说，供个小房子难不难？我要求不高，三十平米的小房子就够了，还有没有更小的房子？有没有十平米的小房子？像个帐篷一样，可以折叠起来，我走到哪里就可以带到哪里，像个养蜂人一样，可以随着花期到处流浪，哈哈哈哈哈。

他颤抖着笑了半天，忽然又戛然而止，笑声止住了，却还在浑身发抖。在那一瞬间的寂静里，我似乎真的听到了隔壁，隔壁的隔壁，隔壁的隔壁的隔壁，确实正传出画画的声音，写作的声音，弹琴的声音，这整栋楼就像一个巨大的秘密工厂一样，正在深夜里生产着九哥嘴里的理想主义。

老景把最后一点酒全倒进了自己喉咙里，那只拿杯子的手抖得越来越厉害，最后几乎都要抓不住杯子了，喝完酒，他又用那只发抖的手往后拢了拢头发，然后慢慢站起来，歪歪扭扭地朝着门口走去。走到门口，他回头对我说，我喝多了，说的都是酒话，孩子你不要当真，千万不要当真，供房子干什么，好像是房子在住人，而不是人在住房子，林疯子说得多好哪，大隐住朝市，小隐入丘樊，中隐在园林。中隐在园林，多好哪。

五

天气渐渐冷了下来，榔榆树和银杏树的叶子已经全部掉光了，只剩下光秃秃的铅笔画一样的枝干，映在苍冷的天幕下，轮廓安详而寂寞。无刺构骨和樟树还是绿色的，只是部分叶子变红了，就像喝了酒，呈一种微醺的状态。紫藤在夏天时那种富丽堂皇的紫色已经枯陨，只剩下瘦骨嶙峋的枝干如蛇一般爬行在游廊上方。

这天，天气骤冷，午后便下了一场小雪，青松黑石上落雪，风骨愈烈。翠竹和红叶上落了一层薄雪，却使那红色和绿色愈发耀眼，萧瑟的残荷上也积了一小撮雪，站在湖水中散发着洁净的光芒。雪天，天黑得尤其快，天刚刚黑下来的时候，就听说九哥今晚要在冰壶轩设宴赏雪。现在我经常逃避这园子里的宴会，宁可自己躲在屋里泡个方便面也不愿去赴宴。但刘小雨亲自上门催促,说今日是冬至,九哥在冰壶轩设宴,让大家都去热闹热闹。

我踩着一点残雪到了冰壶轩一看,老景和老姚都已经坐在那里了,便也挨着他们坐下来。这冰壶轩是扇形设计,整个扇面都是敞亮的玻璃门窗,门是用彩色玻璃镶嵌起来的,轩外掌了一只灯笼,灯笼的光照在彩色玻璃上,被染得五彩斑斓,光线又像花瓣一样纷纷落在轩内,好像遍地都是盛开的花朵。宽大的窗户则都用透明玻璃,透过窗户便可以看到微雪初霁的画卷,轩外种有腊梅十几株,想来这冰壶轩就是为了赏雪而建的。轩内立着两根柱子,却不是寻常的木柱,而是铜柱。外面虽冷,轩内却十分暖和,四处也不见火炉或暖盆,等走到铜柱前才发现,这两根铜柱却是发热的,代替了火炉,想来是在铜柱里烧了碳或柴。我心想,明明是个暖阁,却偏偏取名为冰壶轩,也是费了心思的。

九哥在上座,照例要把菜品介绍一番。这个是冬笋煨火腿,把火腿皮削下,用鸡汤先把皮煨烂，再把肉煨酥，再放入冬笋，加蜂蜜和酒酿连煨半日。这雪梨炖鸡是先把鸡腿和蛋清、淀粉一起剁碎，切块在热油里稍微一炸，捞起放入坛子里，再加入花雕酒、酱油、鸡油，再把鸡块、雪梨、冬笋、香蕈、姜、葱一起放入，加一碗水，煮开之后用小火炖熟。冬至要吃豆腐，这豆腐的吃法还算别致，把豆腐和活黄鳝一起放入一锅凉水中，慢慢烧开，黄鳝感觉到水温变高了，无处可躲，只好钻进豆腐里，最后连同豆腐一起被煮熟，吃的时候蘸上酱油和姜丝，很是鲜美。今日是冬至，自然少不了饺子，这五色饺子是用鸡汤煮的，绿色的饺子是把面粉用菠菜汁和起来，黄色的饺子是把面粉和熟南瓜搅在一起，黑色的饺子是在面粉中加入墨鱼汁，红色的饺子是在面粉中掺入红曲米粉。

然后他又吩咐刘小雨把灯关掉，轩内忽地暗下来，就在这个时候，轩外的十几株腊梅树上忽然亮起了红灯笼，灯笼很是小巧，悬挂在枯枝上摇曳生姿，远看星星点点，如一颗颗明珠，掩映在白雪和梅花之中。

片刻之后，冰壶轩内的灯光重新点亮，九哥先举杯敬了众人一杯，放下杯子，他缓缓环视着一桌人，说，园中景色美不美决定了大伙儿的兴致，能不能在这儿搞出真正的艺术作品要看你们，能不能给你们提供最雅致的环境是我的事，有美景不行，还得会赏景，才是雅兴。元代的曹善诚邀倪云林前往他的梧桐园中赏荷花，倪云林登高楼往下一看，只见空庭。饭后再登高楼，往下一看，方池内已是荷花怒放，鸳鸯戏水，倪云林顿时大惊。原来是主人在池中预先备下了数百盆荷花，通以小渠，把水引开，水里的荷花就露了出来。曹善诚又邀杨维桢前往看海棠，杨维桢到了地方却并不见一株海棠树。少许，款款走出一队女妆，共二十四姝，悉茜裙衫，上下一色，似绝美海棠，主人谓为"解语花"。各位能在隐园里赏玩美景，兴致高雅不俗，创造出真正的艺术作品，便是我的幸事。

席间一片寂静，没有人说话，喝酒的声音里也透着点惶恐。如今在这园子的宴席上，说话的人倒是越来越少了。见没有人说话，九哥便又开口了，面对这样的美景，大伙儿是不是应该做几首诗来应应景？我这人不会写诗，但心里是真喜欢诗歌啊。我十七八岁的时候就在深山里工作挣钱，每天就是砍树，不停地砍树，一棵大树倒下来，有时候会把砍树的人砸死，抬圆木的时候，稍微一点不平衡，也会压死人，我们天不亮就上山，中午吃个馒头喝点凉水，晚上等天黑透了才开始下山，有时候在下山的路上还会遇到狼。那时候我唯一的精神寄托就是能读几首诗，只要能读到诗，我就觉得生活还是有它美好的地方。景老师啊，我就是在那个时候读到了你的诗，我能把你的每一首诗都倒背如流，我是你真正的粉丝哪。景老师，你来做一首诗吧，我很久没有看到你的诗了，这样美的雪景，你一定得做一首诗出来。

席间忽然变得鸦雀无声，连喝酒的声音都听不到了，所有人的目光都悄悄集中在了老景身上。老景面前摆着一杯酒，但他并没有去碰那杯酒，而是从怀里掏出了那把磨得锃亮的扁酒壶，他拧开壶盖，不慌不忙地喝下去一口，砸了咂嘴，又喝下去一口，这才开口道，诗可不是这么写出来的。

九哥嘴里叼着大烟斗，吸了一口，慢慢吐出一团青烟，把他整张脸都包裹在了里面，他问了一句，那你倒说说，诗究竟是怎么写出来的。

老景又仰起脖子喝了一口酒，然后举起一只手，缓慢庄重地把花白的头发往后拢了拢，开口道，那时候我二十多岁，在洪泽湖边的一个渔村里下乡，那是一个被绿树笼罩的小村庄，村子里到处是水塘，水塘里有鱼虾有芦苇有荷花，我划着小船在洪泽湖上打鱼割芦苇采莲蓬。我永远记得那里的清晨和黄昏，朝霞和晚霞都热烈而宁静，会把整个天空染成玫瑰色，这玫瑰色的天空又映在湖水里，连湖水也成了玫瑰色。下雨之前，乌云会从湖的尽头升起，看起来巍峨壮观，像神殿一般。你会觉得，那湖边就是世界的尽头了。有时候乌云特别黑特别暗，整个天空变得漆黑一团，湖水与天空一色，你又会觉得来到了天地未开的洪荒时代，等到大雨落下来，整个世界都变成了灰色的，天和地被雨丝连在了一起，我们的一叶小舟躲在荷花丛中，随时会被湖水和大雨吞没，那时候对天地真是敬畏到极点了，觉得人太渺小了，属于人的一切都太渺小太脆弱了。不管生活是怎样的艰辛，我们都能看懂它的美好，就这样，我们开始写诗，也是那样的湖水才催生出了诗歌。诗歌如天籁，只能在天地间拾得，而不是硬写出来的。

九哥把烟斗在桌上磕了又磕，眼睛看着桌面说，景老师是嫌这园子不够美，还是觉得饭菜不可口，觉得哪里不好你只管说，我是你忠实的粉丝，我是真的很敬重你。我前半辈子想写诗想画画都不成，没有条件，连饭都吃不饱，空有理想却实现不了，所以我把我后半辈子下海经商挣的钱全投到这园子里了，我自己搞不了艺术，但我可以帮助艺术家们啊，你们可以啊，咱们的目的就是艺术，真正的纯粹的艺术。景老师你在这园子里住了也有一年多了吧，这一年多你写了什么诗？也拿出来让我们欣赏一下嘛。

老景举起酒壶又喝了一口，他用手指擦了擦嘴角淌下的残酒，又用那只手往后拢了拢白发，笑着说，说句实话，在我们年轻的时候，其实并不想当什么诗人，我们只是觉得有太多话要说，却不知不觉间变成了诗人。那时候我们的梦想是去做一个养蜂人，带着简易的帐篷和几箱蜜蜂，追随着大江南北的花季，风餐露宿在绮丽的山水之间，那时候我们也从不考虑什么是实用什么是不实用，我们怀里揣着诗集和梦想，从不考虑下一顿饭在哪里吃，晚上在哪里睡觉，也够理想主义吧。老九啊，我在你的园子里是住了一年多了，可你见过我在你摆的宴席上吃过什么菜吗？你见我喝过你的酒吗？你不要忘了，我喝酒的时候从来不吃菜，一吃菜就败坏了酒的香味了，我喝的牛栏山、二锅头都是我自己买了带进园子里的，我喝的酒虽然便宜，但喝惯了，别的酒我还真不爱喝。

没有人动筷子，大家都静悄悄地坐着。只

见九哥把烟斗又在桌子上磕了磕，忽然笑着说，景老师当然是理想主义者，不然年轻时怎么能写出那么好的诗呢，只是现在老了。大家怎么不吃菜啊，菜都凉了，快吃快吃，我这个人别的干不了，就是愿意帮助艺术家们，一切为了艺术嘛。

这时，席间忽地站起来一个人，我一看，却是那林疯子，只见他走到窗前，又转身向所有人鞠了一躬，字正腔圆地说，大家好，今天该讲两宋了，两宋时候的园林大都以"归来"为主题，比如苏舜钦的沧浪亭、蒋堂的隐圃、叶清臣的小隐堂、程致道的蜗庐、胡元质的招隐堂、范成大的石湖别墅、史正志的渔隐。沧浪二字，代表着濯缨濯足，进退自如的处世哲学。沧浪亭前竹后水，竹无穷极，澄川翠干，光影会阁于户轩之间，尤与风月为相宜。有曲池高台，有石桥，有斋馆，有观鱼处。苏舜钦在《沧浪亭记》中写道："时榜小舟，幅斤以往，至则洒然忘其归。箕而浩歌，踞而仰啸，野老不至，鱼鸟共乐。"南宋的史正志也想当那个摇首出红尘的渔夫,所以把自己的花园命为渔隐,在山光水色中寄寓林泉烟霞之志。隐圃、中隐堂、小隐堂也都是取意于逍遥隐逸之意。可见两宋的园林已经成为寄寓理想人格意识及其优雅自在的生命情韵的载体。

他像站在舞台上一样,又朝众人深深鞠了一躬,但没有人鼓掌。

这个晚上,我怎么也无法入睡,在床上翻来覆去了很久还是没睡着,索性又披衣起床,画了几笔,感觉仍是不好,便又扔了画笔,关了灯,在窗前静静站了一会。窗外万籁俱寂,半轮月亮挂在夜空中,明亮洁净,芭蕉树上还有一点未化的残雪,在月光中闪着银光。我忽然想到,这个时候,老景在干什么,他每天早晨早早就把自己的房门敞开,捕捉来往的人,但这么深的夜里,他总该睡着了吧。

这么想着我忽然生出一个念头,我想出去看看,老景的房门是关着的还是开着的。虽然自己也觉得无聊,但我还是轻轻走出自己房间,蹑手蹑脚地走到了老景门口。我一看,却呆在了那里。他的房门，居然在半夜也是敞开着的。楼道里亮着昏暗的廊灯，屋里黑着灯，所以我看不清里面，但我知道，里面的人却是能看到我的。我在那门口犹豫了片刻之后，还是轻手轻脚地走了进去。刚刚走进那团黑暗，我便感觉到，有一双眼睛正在黑暗中看着我。我站住了，让眼睛适应一下周围的黑暗，等稍微适应之后，我便看到了坐在椅子上的那团黑影，干枯、瘦小，一动不动，在寂静的深夜里散发着一种可怖的气息。我不知道他到底是睡着还是醒着，不敢再往前走了。我正呆立在那里，忽听见那团黑影发出了一个颤颤的声音，孩子，你来了。

我吓得后退了一步，对着那黑影说，景老师，这么晚了您怎么还坐在椅子上？

月光从窗外流淌进来，在他的轮廓上镀了一层银光，使他看起来像尊瘦小的佛像。他又开口了，声音倒不像是从他嘴里发出来的，而是从他身体深处发出来的，只听他说，我老了，一晚上只能睡两个小时，剩下的时间，我就坐在这里慢慢等天亮。我吃了一惊，说，您每晚都这么坐着？

那团黑影慢慢蠕动了一下，说，我每晚都是在这椅子上等天亮的，等着等着，天就亮了，一点都不费事，我肯定是所有人当中第一个看见天亮的人，我每天都会亲眼看见万物从黑暗中露出它们本来的模样，我心里就会觉得特别高兴，觉得又和它们见面了，就像见到了自己的亲人一样。我每天都会站在窗前和它们大声打个招呼，然后喝点酒庆祝一下，庆祝什么呢，就庆祝我和世界又见面了吧，多好啊。孩子，你坐吧，坐下来和我说说话。

我慢慢挪到床前，半个屁股搭在他的床沿上。

我们在黑暗中相对而坐，一时都无话，窗外的黑暗安详而广袤，像一个陌生的星球静静悬浮在我们身侧，我们看不清彼此的脸，但能感觉到对方的目光。静默了片刻，他抓起放在桌上的扁酒壶，拧开喝了一口，又递给我说，孩子，咱们喝点酒吧，喝点酒好说说话。我说，您这是白天晚上都在喝酒啊？他执意向我举着那把酒壶，说，庆祝天亮可以喝酒，庆祝天黑就不可以喝酒了？所有的庆祝都是喜剧，在这万物沉睡的黑夜里，我可以为一棵野草庆祝，为一片落叶庆祝，为一场大雨庆祝，为一片雪花庆祝，为我获得了食物庆祝，为酒壶里还有酒庆祝，你是不是觉得我们都像悲剧？可是孩子你知道吗？只要把悲剧放到更广阔的地方就成了喜剧，我们的悲剧不过是永生宇宙快乐的一部分，我们还怕什么？

我没有接他的酒壶，只说，景老师，您是不是已经喝多了？他好像累了，向我伸出的手终于收了回去，他仰起脖子，自己又喝下去两口，然后他摇了摇酒壶，很快乐地说，酒壶里还有酒，真好。孩子啊，我知道你肯定有你的痛苦，谁能没有痛苦呢？但你有一天要是能从这痛苦中感受到一种陶醉，你就要成大艺术家了。

他又喝下去一口酒，然后又摇了摇酒壶，说，喝完了，又喝完了，没事，明天我再出去买酒。孩子，你知道我喝点小酒的钱是从哪来的吗？告诉你吧，我从没有告诉过任何人，我每天下午都会去一个超市后门等着，一个小姑娘认识我，会把超市里装货的纸箱子拿出来给我，我拿去卖了换个二三十块钱。我一天能挣二三十块钱就足够啦，我的要求很低很低，我一天吃一顿饭就够啦，这一顿饭我都是去一个固定的小铺子里吃一碗面。让我吃好的其实我也消化不了，鸡鸭鱼肉我也不想吃，老了，一碗雪菜肉丝面就足够了。剩下的钱我就买一瓶二锅头，一天有一瓶酒喝也够啦。你说人这一辈子到底需要多少东西？其实一碗面一瓶酒也就够啦。你可千万不要觉得我过得不好，不要觉得我可怜，从生命的无意义中获得悲剧性的陶醉，这才是真正的艺术。

过了好久好久我才开口，我说，景老师，等我画完手里的这几张画，天气也暖和起来了，我就准备搬出去住了，我向人打听了一下，如果在郊区的农村里租房就会很便宜，我一个画画的，住在城里和住在农村有什么区别，城市里的那些繁华和我其实并没有多少关系，等我搬出去的时候，您和我一起走吧。用您自己的话说，一碗面一瓶酒便足矣，既然是这样，那又何必在意一个住的地方，用您的话说，天下之大，哪里住不得呢。

他举起空空的酒壶，放在耳边仔细摇了摇，又慢慢放下了，半晌才对我说，孩子，你尽快离开这里吧，越快越好，可我和你不同，我不会走的，不会的。

我本想问一句，为什么。但这句话终究没有说出口。我们就那么默默地坐着，久久没有再说一句话。忽然，我发现窗外沉沉的黑暗褪去了一点，接着，那半透明的黑暗渐渐地渐渐地清澈起来了，树影还有鸟鸣都从那黑暗中浮了出来，青白色的光线从大地深处长出来，与此同时，那些黑暗正像潮水一样褪去。原来是天要亮了。老景看着窗外，很快乐地说，孩子你看，天就要亮了，又一个白天来到了，你说我们是不是应该庆祝一下？我们应该喝点酒庆祝，可是没有酒了是吧，不怕，我今天就出去买。

他想从椅子上挣扎起来，却怎么也起不来，我走过去搀扶着他向窗口走去。我们两人站在窗口，默默地看着窗外，看着清晨透明洁净的光线如魔术一般变幻着，直到第一缕阳光落在了我们的脸上。

六

刚刚过完新年，老姚就过来找我辞行，他也准备离开隐园了。在他之前，已经陆陆续续地离开了几个画家。正是下午时分，云堡后漏出少许阳光，把昨日那场雪照得闪闪发光，亭台楼阁上，积雪未消，在阳光下竟有些琼楼玉宇的感觉，不似人间。我们两人相对着抽完一根烟后，便决定到园子里走走。

那道月宫门在雪后更有了些月宫里的萧索感，连门里那棵桂树也比平日多出些孤寒之气。跨过月宫门，便走进了影亭。名为影亭，其实是一片池水与假山相互借景，池边植有一排柳树，柳影、水影、山影于波光中融为一体，假山上植有牡丹、垂丝海棠、玉兰、山茶、千叶榴、青白紫薇、香橼，备四时之色。只在假山顶上，有座小亭子，坐在亭子里，便可以赏玩到四时草木在水中的倒影，枝影横斜，微波清浅，别有一番生趣。

走过影亭，再穿过一道宝瓶状侧门，便来到梅坞，这里种植着几十株红梅和腊梅，中间一座"踏雪堂"，堂前有两副对联"每当孤云招野鹤，频携樽酒对名花""案无俗事心常静，庭有梅花梦亦清"。正值雪后，腊梅却开得正好，一走进梅坞，便有沁香袭人，没有一点烟火气的花香便数这梅香了。梅树下积雪未消，愈发把梅花衬得冰清玉洁。我和老姚在树下赏花半日，仍不舍离去。我说，这园子倒是真美，你走了不觉得可惜？他说，美是美，但不宜久待。我没说话，只低头去闻那花香。顿了顿，他又补充了一句，你知道我的意思。我在那花间闻了又闻，过了半日，才说，你知道1978年的琼斯镇惨案吧，你说那个教主吉姆·琼斯究竟是怎样一个人？单单是一个狂热的理想主义者？

他摸出一根烟来，想了想，又放回去了，踌躇半天才说，我倒觉得老九这个人确实是个很有意思的人，他自称老九，说是自己的上面还有八个姐姐，他排行老九，可我后来听人讲，他根本就没有什么姐姐，他其实只有一个弟弟，多年前就已经去世了。他在这世上就是孤家寡人一个。还听说他其实从未学过画画，只是年轻时有些文学情结，读过些诗歌和小说，他经历很复杂，做过木材贩子，办过砖窑，还因偷偷挖矿坐过几年牢，摸爬滚打了很多年，后来挣了些钱便建了这座隐园，听说他为了建这座园子还欠了不少债。现在他又没有什么进项，每日只有出项，怕是他也撑不了多久吧。

我说，吉姆·琼斯要是去做艺术家的话，会不会成为一个最纯粹的艺术家？

他说，这园子里有吃有住，也有人把艺术当回事，确实是好，可是，实在不宜久留哪，等你把手里的画画完,也赶紧搬出去吧。

我又说,老姚,你觉得老景到底为什么愿意住在这园子里呢?他连这园子里的饭菜都不吃,每天还要跑出去吃一碗面来果腹。

老姚沉默片刻,说,可能是因为,只有在这里,才有人知道他曾是著名诗人吧。

送走老姚之后,暮色已至,我踩着积雪来到湖边,只见冬日的湖中只有数枝枯荷,和一簇簇银色的芦苇,一只过冬的鸟儿忽地从芦苇丛中惊起,直向暮色中飞去。意境如姜白词风,古淡天然,一派野趣。沿着湖边走,远远便看到刘小雨正坐在雪地里作画,我避开了,换了个方向走。现在,只要在园子里看到刘小雨在作画,我便会远远避开。走了几步便来到了"菰雨生凉"处,我走近一看,却见里面已经站着一个人,正对着湖水大声朗诵着什么,"因黄至筠独爱竹,不仅自己名号用竹,而且以竹立意名园为个,个者,字状如竹叶,月映竹成千个字,霜高梅孕一身花。竹寓君子高洁,宁可食无肉,不可居无竹,无肉使人瘦,无竹使人俗。竹已经成为士大夫的人格写照,而个为独竹,独立不依,挺直不弯,既寓君子高洁又含孤芳自赏之意。园内有水竹居,一窗翠雨,著须而凝,中置圆几,半嵌壁中。移几而入,虚室渐小,由画中入,步步幽邃,扉开月入,纸响风来。"

是林疯子。我站在一边默默地看了一会儿,没有过去惊扰他,然后便转身走了。走了几步我回头一看,他正对着烟波苍茫的湖水鞠躬,很虔诚的,深深地鞠躬。我想,也许他才是这园子里真正的艺术家。

立春之后,我得到一个好消息,我送到画廊的那批画已经卖出去了两幅,虽然每幅画只卖出了几百块钱,但已经足够让我振奋了。我觉得搬出这园子的时机终于到了。

园子里的白玉兰开花了,以前都不知道园子里居然藏着这么多玉兰树,现在走在园子里,时不时就会看到亭台楼阁的前面或后面忽地举起一枝白花,明亮极了,可以把周围的一切在瞬间照亮。大朵大朵的玉兰花从树枝上落到地上的时候，简直像白色的鸟儿离开了栖息的枝头，飞落到了地上。过了几日，杏花也开了，园子里有片杏林，名为香雪洲。我走过去的时候，只见一树一树的杏花都已经开了，花香几乎让人醉倒。微风过处，花瓣纷纷扬扬飘落下来，真如漫天大雪。地上已积了厚厚一层花瓣，踩上去的时候让人于心不忍，让我想起了"浮生只合尊前老，雪满长安道"的诗句。

　　杏花林深处，正坐着一个人，她在那里画画。只看背影我就知道是刘小雨。我没去惊动她，只踩着厚厚的花瓣悄然离开了。

　　又过了几日，园子里的湖水也变成了翠绿色，所谓春水就是这般了，整面湖如碧玉一般卧在天幕下，湖边的桃花开得正好，如一片粉色的霞光静静落在碧水之中。这日，九哥要在荷香榭设春宴，召集众人前去赴宴。这样的宴会我已经久不参加，每次都找个事由推脱，但想到再过两日，自己便要离开这里了，趁此机会和众人道个别也好，毕竟朝夕相处了不短时日。

日暮之后，春宴开始。我在园子里走着走着天便黑了下来，花药草木和亭台楼阁渐渐隐入黑暗，园子再次陷入了那种巨大的神秘。又走了一段路，天已黑透，小径消失了，一面湖水静静卧在前面，忽然之间，灯火辉煌的荷香榭从黑暗中跳了出来，带着一种妖魅之气静立于湖畔。

我进荷香榭一看，只零零落落坐了七八个人，远不似当初的热闹了，老景已经早早坐在席间，怀里抱着他那把扁酒壶。刘小雨正出出进进地招呼上菜，九哥仍是坐在上座，嘴里叼着他那只大烟斗。他边招呼众人边说，在这个时节不宜吃太多荤腥，吃点新鲜野菜才是最好的，马兰头、香椿、春笋、荠菜、苣蕒、蒲公英做了几碟小菜，都很鲜美。今天的点心也是春光无限，这青团是用几味野菜汁做的，味道淳朴，充满野趣，又可清热，在春天吃最好。这鲜花饼是拿园子里的桃花和杏花的花瓣做的，花瓣用蜜腌过，清甜可口，花香扑鼻。这韭菜春卷也适合春天吃，夜雨剪春韭，春韭最合时令。这荠菜翡翠汤圆也合时令,酒是去年泡的青梅酒,现在拿出来,再配上这些点心,也算应景。这荷香榭啊,月来影明,风来香闻,最宜于春秋设宴。夏天的时候,还是去菰雨生凉或忘筌亭最好,清流洄汫,翠竹万竿。冬日嘛,还是冰壶轩最相宜,琉璃嵌窗,且有雪而坐无风。

见众人都不说话,他又扭头招呼刘小雨,小雨啊,你也过来吃吧。接着又说,你们当中我最欣赏的就是小雨,不是因为别的,是因为她对艺术有一种献祭精神。艺术中那些永恒美的部分,只有在艺术家宗教般虔诚的情怀下才能被唤醒。理想对于艺术家来说,就是要和神灵保持相通,而对于神灵最虔诚的方式就是这种献祭精神。我都有些替你们着急,你们在这里住了这么久,到底创作出了什么艺术作品?我尽我最大的能力为你们提供好的吃住条件,让你们有一个优美的创作环境,但你们到底创作出什么了?

席间一片死寂,没有人说话。刘小雨走过

来，给每个人倒酒，给老景倒酒的时候，他用手把杯子挡住了。半天都没有人举杯，我觉得是时候了，便站起来说，九哥，在你这里住了这么久，真是谢谢你，我不想再继续给你添麻烦了，前段时间一直在外面找房子，现在也找得差不多了，过两日我就搬出去了，提前和你道个别吧。

他放下烟斗，有些疑惑地看着我，半天才说了一句，你也要搬走？为什么？是吃得不好还是住得不好？

话音刚落，又有一个画家也站起来说，过几日他也要搬出去了，谢谢九哥的盛情款待。

九哥阴沉沉地冷笑一声，说，好啊，你们都走吧，想走就走吧，走吧。不说这个了，我们今晚设的是春宴，春暖花开，自然要有些风雅的节目才好，这样吧，我们来轮流作诗，每个人都要做一首，必须做，谁要是不做就不要离开这荷香榭。

人群中一片不祥的寂静。久久没有人说话，过了很久，人群中忽然站起来一个人，是老景，他举起抱在怀里的酒壶,喝了一大口酒。九哥脸色阴沉地看着他,说,景老师,你也要搬走吗?老景笑了笑,抱着酒壶走到了湖边,已经是月上中天,今晚居然是满月,湖底也静静卧着一轮明月,亭台楼阁在月光下闪着并不耀眼的光芒,夜风从湖对岸的竹林里穿行而过的时候,发出了低低的啸音,如一种苍凉的乐器。从这水榭里看过去,整个园子在月光下显得纯净而悲怆。

老景看着湖中的月亮说,老九啊,你不是让每人都要做首诗吗?做不出来还不许离开。我还没来得及告诉你呢,这四十年里我其实一直在写一首诗,我写得很慢很慢,有时候一天只能写一个字,有时候写了这一个字,还是觉得不满意,就把这个字又去掉了。就这样,一首诗我写了四十年还没有写完,甚至连诗的名字我都一直没有想好。直到今天晚上,我才终于把诗的名字想好了,就叫"从水中捞月亮的人",你觉得怎么样?我也终于想明白了,把一首诗写完,不一定要靠纸和笔,写完一首诗的方式太多太多了，我今晚终于要把它写完了，你要看着我把它写完。

话音落下，在所有的人还没有来得及反应过来之前，忽见他抱着酒壶往前那么一倾，整个人就从栏杆上翻下，扑进了静静的湖水里。湖中的那轮明月立刻被搅碎了，顿时便化作无数根银光闪闪的羽毛，瑟瑟漂浮在湖面上。寂静了片刻之后，桌上的人终于反应过来了，哗地一声便乱了，有两个水性好的连忙跃出栏杆跳进湖里。湖水里的羽毛被搅动着，在月光下变幻成了各种神秘的图形。过了好一会儿，两个人湿漉漉地爬上岸来，手里拖着同样湿漉漉的老景。老景变得很沉很安静，被放在地上，身下洇了一摊水，嘴里也不停淌着水，他像条鱼一样躺在那里，一动不动。

我看到，吐出老景的湖面再次平静下来，无数根羽毛游弋着，重新聚拢在一起，又慢慢聚拢成了一轮银色的月亮，卧在了湖底。整个晚上好像什么都没有发生过一样。远处，竹林里的啸声更加摄人心魄了。

第二天一早，警察忽然来到了隐园，因为有人报案，说这里发生了谋杀案。园子里所有的人都聚在湖边，我也站在人群后面看热闹。只听九哥一再向警察解释说，他是自杀的，这里所有的人都可以作证，他们昨晚都看见了，景云亭是自杀的。

他自杀的动机是什么？

他为了写完一首诗，他那首诗就叫"从水中捞月亮的人"，这一首诗，他写了四十年啊，他是真正的诗人。

他自杀的动机是什么？

你们不信有人会为了捞月亮而死吗？从古到今都不缺这样的人，为捞月亮而死的人。你们不信吗？

他自杀的确切动机是什么？

这时候，人群中忽然闪出来一个人，她一直走到了湖边，我定睛一看，是刘小雨。只见她披着长发穿着长裙站在湖边，鬓角还戴了一朵紫薇，她指着湖水问那两个警察，你们不信有人会为捞月亮而死，是吧？那我就让你们看看。说完这句话，只见她微微一笑，往前跨出一步，极其轻盈地跃入了湖中，然后，她迅速地不见了，也不见挣扎，只静静向湖底沉去。

人群一片哗然，然后又是那两个水性好的人，连忙跳下湖去救人。我们都紧张地盯着湖面，可是湖面上静悄悄的，仿佛从不曾有人去打扰过它。过了好一会儿，一个人先上来了，两手空空，显然没找到人。我们更紧张了，都涌到湖边，探头往下看，在湖中可以看到一排人头，还有人头上的各色表情，仿佛那湖水就是一面镜子。我不敢再往下看，独自缩了回去。

另外一个人也终于上来了，胳膊里夹着一个人，那个人安静极了，不说话也不动，看起来像个假人。他把胳膊里夹着的人拖上岸，那躺在地上不声不响的人正是刘小雨，长发湿透了，水草一样裹在头上、脖子上，只见她双眼微睁，露出两道惨白死滞的目光，嘴里像鱼一样吐着水。众人又急忙围上去一顿抢救，一边奇怪她沉底怎么沉得那般迅速，连挣扎都没有。按压她胸腔的人却发现，在她的衣服里竟绑了四根铁条,前胸两根,后背两根,用皮带扎得牢牢的,仿佛是从她身体里长出来的。

刘小雨最终没有被抢救过来,警察最后是怎么结案的我也不清楚,虽然我就是那个报警的人。但我并不想知道它的最终结果,所以在当天我就带着我的画匆匆搬出去了。

两年之后,我在南京已经能靠卖画生存下来,还在郊区租了一间画室,那画室外面有个院子,院子里有两棵香橼树。偶尔有朋友来了,我们就在香橼树下喝点小酒。那一日,我想放松一下,便出去游逛,不知不觉来到了牛首山脚下。我本以为那隐园已经像梦境一样消失了,不料却发现,它居然还在那里,还是那道窄窄的古朴的门,和两年前并没有什么不同。我进门往里走了几步才发现,还有别的不认识的人也从这门里进进出出。原来,这里已经被改成公园了。

我在荷香榭里坐了很久,湖中的荷花开得正好,红色的鱼儿们结队啜食着湖面上的花瓣,对岸仍是翠竹万竿,啸声低徊,菰雨生凉里的那面大镜子仍反射着波光潋滟。只是，来来往往的游人当中，没有一个是我认识的，也没有一个人认识我。

图书在版编目(CIP)数据

天体之诗/孙频著. — 福州:海峡文艺出版社,
2024.10
(独角马中篇轻读文库)
ISBN 978-7-5550-3776-7

Ⅰ. I247.5

中国国家版本馆 CIP 数据核字第 202465LS33 号

天体之诗

孙 频 著	
出 版 人	林 滨
责任编辑	陈 瑾
特约编辑	曾令疆
出版发行	海峡文艺出版社
社 址	福州市东水路 76 号 14 层
发 行 部	0591－87536797
印 刷	福州德安彩色印刷有限公司
厂 址	福州市金山工业区浦上标准厂房 B 区 42 幢
开 本	787 毫米×1092 毫米 1/32
字 数	98 千字
印 张	7.75
版 次	2024 年 10 月第 1 版
印 次	2024 年 10 月第 1 次印刷
书 号	ISBN 978-7-5550-3776-7
定 价	28.00 元

如发现印装质量问题,请寄承印厂调换

───── 独角马·中篇轻读文库 ─────

遭遇"王六郎"   梁晓声
未未   张抗抗
我本善良   王祥夫
在传说中   蒋　韵
那一天   尹学芸

与永莉有关的七个名词   张　楚
歧园   沈念频
天体之诗   孙频
乌云之光   林森
暖阳和他的花雕马   肖　睿

此处有疑问   杨少衡
仰头一看   林那北
身体是记仇的   须一瓜
风随着意思吹   北　村
老骨头   李师江